COMPTE-RENDU

DU CONCOURS

INTERNATIONAL

DE MUSIQUE

D'ANNECY

22 AOUT 1869

ANNECY
IMPRIMERIE J. DÉPOLLIER ET Cie
——
1869

COMPTE-RENDU

DU CONCOURS

INTERNATIONAL

DE MUSIQUE

D'ANNECY

V

35219

COMPTE-RENDU

DU CONCOURS

INTERNATIONAL

DE MUSIQUE

D'ANNECY

22 AOUT 1869

ANNECY

IMPRIMERIE J. DÉPOLLIER ET Cie

1869

PRÉFACE

Nous croyons devoir publier ce compte-rendu du Concours musical d'Annecy pour deux motifs : d'abord pour faire connaître à nos Souscripteurs le résultat des opérations matérielles, et, en second lieu, pour conserver un souvenir durable de cette belle solennité dont l'organisation a pu mériter les éloges des hommes les plus compétents en pareille matière, et qui a contribué à faire connaître nos vallées.

Organiser un Concours musical, aussi important que celui qui a eu lieu à Annecy les 22 et 23 août 1869, n'était pas chose facile pour une ville dont les ressources sont relativement restreintes ; mais la population d'Annecy avait un heureux précédent dans les fêtes du Tir national de 1857 ; elle s'est souvenue qu'avec le seul secours de son esprit patriotique elle avait obtenu alors des résultats inespérés, et il a suffi de lui adresser un appel au nom du pays, pour qu'elle se soit vouée avec une nouvelle ardeur à l'entreprise projetée. C'est pourquoi les membres des Sociétés musicales d'Annecy, qui avaient pris l'initiative du Concours, ont trouvé dès le premier jour le dévouement le plus complet à l'œuvre commune chez tous leurs concitoyens; c'est pourquoi aussi, on a pu constater que le programme des fêtes a été exécuté ponctuellement, sans le moindre accident ni le plus petit désordre, et en l'absence de tout déploiement de force publique.

Les fêtes du Concours d'Annecy ont été essentiellement populaires, et c'est là le secret de leur réussite.

Mais si nous devons des remerciements à nos concitoyens, il est de notre devoir de manifester aussi notre reconnaissance à toutes les personnes ou administrations qui ont bien voulu nous prêter leur concours ou leur appui moral; aux artistes éminents qui ont composé le Jury; aux Sociétés qui ont répondu avec un empressement si sympathique à notre appel; aux Compositeurs distingués des morceaux imposés; aux Sociétés, aux personnes nombreuses qui ont offert des médailles; à la presse musicale qui a publié des relations si bienveillantes de nos fêtes; aux personnes, aux administrations et aux corporations qui ont libéralement mis à notre disposition les locaux destinés aux logements ou aux concours ; aux employés de la compagnie du chemin de fer de Paris à Lyon et à la Méditerranée, dont la complaisance, dans cette occasion, a été au-dessus de tout éloge.

C'est grâce aux efforts réunis de tous que notre Concours a obtenu le résultat désiré, au double point de vue de l'art musical et de la fusion fraternelle des populations de la Savoie avec celles des départements voisins et de la Suisse.

COMPTE-RENDU

DES SÉANCES DU COMITÉ ORGANISATEUR

Le projet du Concours international de musique d'Annecy prit naissance au sein de la Société Chorale de cette ville, en août 1868, à son retour du Concours de Grenoble, et fut voté en principe dans l'assemblée générale du 10 janvier 1869.

Cette décision fut aussitôt communiquée à la Musique Municipale qui s'empressa de s'associer à l'initiative de la Société Chorale.

Une réunion préparatoire de MM. les Présidents, Directeurs et délégués de chaque Société eut lieu le 18 janvier 1869. Dans cette réunion, il fut décidé que le projet du Concours musical serait porté à la connaissance de la Municipalité d'Annecy, sous le patronage de laquelle il serait organisé, et qu'une demande collective serait adressée à M. le Maire pour solliciter un crédit destiné à subvenir aux frais de cette solennité musicale.

A la suite de cette demande, le Conseil municipal, dans sa séance du 15 février 1869, désirant favoriser le Concours projeté, vota un premier subside de mille cinq cents francs. Dans leur réunion du 25 février, les Sociétés musicales constituèrent définitivement le Comité d'organisation du Concours international.

EXTRAITS DES PROCÈS-VERBAUX

Les Sociétés musicales d'Annecy, représentées par leurs Comités d'administration, après avoir décidé d'organiser un Concours de musique à Annecy et avoir fait connaître cette décision à la Municipalité qui leur a alloué la somme de mille cinq cents francs pour cet objet, se sont réunies le 25 février 1869, et ont décidé :

1° De faire immédiatement connaître ce Concours à toute la France et aux pays voisins, tant par la voie des journaux que par des circulaires ;

2° D'ouvrir le plus tôt possible à Annecy une souscription destinée à leur venir en aide pour les dépenses que nécessitera cette solennité musicale.

Ce Concours est organisé par les Sociétés musicales d'Annecy, sous les auspices de la Municipalité et la présidence de M. le Maire.

Appelés à procéder à la nomination des Membres devant former le Comité central d'organisation, les Commissions précitées ont nommé :

Président : M. le Maire d'Annecy.

Vices-Présidents : M. Terrier François, président de la Société Chorale d'Annecy, et M. Philippe Jules, membre du Comité d'administration de la Musique Municipale.

Secrétaire : M. Robert Antoine, secrétaire de la Société Chorale ;

Membres du Comité : M. de Fésigny, président honoraire de la Société Chorale ;

M. Bianco, président honoraire de la Musique Municipale ;

M. Blanchet, président de la Musique Municipale,

M. Bergier Jules, membre du Comité d'administration de la Société Chorale ;

M. Pichollet Louis, membre du Comité d'administration de la Société Chorale ;

M. Serand Eloi, membre honoraire de la Société Chorale;

M. Louis Revon, conservateur du Musée ;

M. Jean Saxod, ex-président de la Musique Municipale.

Les Membres des deux Comités d'administration ci-dessus désignés, chargent MM. Terrier et Jules Philippe, vices-présidents, de vouloir bien faire une visite à M. le Maire et à M. le Préfet, afin de les informer des résolutions prises et demander leur concours pour la réussite de la fête projetée.

MM. Gentil et Niérat, directeurs des deux Sociétés musicales d'Annecy, sont nommés présidents du Comité musical qu'ils sont spécialement chargés de former après en avoir référé au Comité central.

M. le Maire est prié d'adresser une lettre d'invitation aux Sociétés orphéoniques et instrumentales.

DEUXIÈME RÉUNION. — 1ᵉʳ MARS.

Le 1ᵉʳ mars 1869, la Commission d'organisation du Concours étant réunie, invite MM. les Vices-Présidents à vouloir bien lui faire connaître le résultat des démarches officielles qu'ils avaient été chargés de faire en son nom.

Ces Messieurs informent la Commission que M. le maire Germain accepte la présidence qui lui est offerte ; que, toutefois, en égard à ses occupations, il a délégué M. Chaumontel, l'un de ses adjoints, pour le remplacer ; c'est en conséquence ce dernier qui sera spécialement chargé de présider la Commission d'organisation du Concours.

M. le Préfet de la Haute-Savoie se trouvant en ce moment à Paris, deux Membres du Comité sont priés de lui écrire, pour lui annoncer le Concours et solliciter son intervention auprès de Leurs Majestés Impériales, à l'effet d'obtenir les médailles qu'elles ont coutume d'offrir en semblables circonstances.

TROISIÈME RÉUNION. — 8 MARS 1869.

Le 8 mars 1869, le Comité central d'organisation du Concours réuni sous la présidence de M. Chaumontel, adjoint, délégué par M. le Maire, arrête :

1° La nomination de Commissaires chargés de présenter la souscription dans les différents quartiers de la ville (voir en tête de la liste de souscription de chaque quartier les noms des Commissaires quêteurs) ;

2° La nomination de M. Janus Blanchet, comme trésorier général du Concours ;

3° Que le Concours international aura lieu le dimanche 22 août 1869;

4° Que MM. Terrier, Bergier, Niérat, Gentil, Revon et Robert sont chargés d'élaborer le projet de règlement du Concours.

5° Que le Comité se réunirait tous les lundis à huit heures du soir, dans la salle des réunions de la Société Chorale, et qu'à partir du 10 juillet il se réunirait tous les soirs au même lieu.

ORGANISATION DES DIVERSES COMMISSIONS

COMITÉ CENTRAL D'ORGANISATION
(Voir le procès-verbal du 26 février, page 3).

COMITÉ MUSICAL.

MM. Niérat, directeur de la Société Chorale; Gentil, directeur de la Fanfare Municipale; Bergier Jules; Cailles Victor; Mockers, professeur de musique; Pitarch, professeur de musique; Delgranges, chef de musique au 21me de ligne; Omer Fort, chef à la suite au 21me de ligne; Heid, sous-chef au 21me de ligne; Bardet, sous-chef à la suite au 21me de ligne; Ritz Jean; Favre Joseph.

COMITÉ DE LOGEMENTS ET NOURRITURE.

MM. Pichollet Louis, président; Terrier Pierre, vice-président; Baud Paul, secrétaire; Dégravel Alexandre; Bonnet; Bozetto; Ducret et Mangé.

COMITÉ DE FÊTES, ILLUMINATION, DÉCORS.

MM. Ruphy Camille; Marius Vallin; Dégerine; Revon Louis; Serand; Porreau; Monnet Ignace; Læuffer Frédéric; Wichet John; Inversin.

COMITÉ DU BANQUET.

MM. Læuffer Frédéric; Brunier Amédée; Blanchet Janus.

CIRCULAIRE D'INVITATION

ADRESSÉE A TOUTES LES SOCIÉTÉS ORPHÉONIQUES ET INSTRUMENTALES
DES DÉPARTEMENTS
DU RHÔNE, DE L'AIN, DRÔME, ISÈRE, JURA, LOIRE, SAÔNE-ET-LOIRE,
SAVOIE, HAUTE-SAVOIE, SUISSE ET ITALIE ET A QUELQUES
SOCIÉTÉS DE L'ARDÈCHE.

———

Annecy, le 8 mars 1869.

MONSIEUR LE DIRECTEUR,

J'ai l'honneur de vous informer que les Sociétés musicales
d'Annecy ouvriront, dans la dernière quinzaine du mois d'août
prochain, sous les auspices de la Municipalité, un *Concours
international d'Orphéons, de Musiques d'harmonie et de
Fanfares.*
Toutes les Sociétés de la France et des contrées voisines
sont invitées à y prendre part.
Le Concours comprendra :
1° Un Concours de lecture à vue pour les Sociétés instrumentales aussi bien que pour les Orphéons;
2° Division d'excellence;
3° Division supérieure;
4° Première division;
5° Deuxième division;
6° Troisième division;
On vous fera connaître incessamment les détails de l'organisation de cette solennité musicale ainsi que la composition

du Jury, dont les membres ont été choisis parmi les principaux compositeurs de Paris.

Les prix seront proportionnés au nombre des Sociétés concurrentes, et consisteront en médailles d'or, de vermeil et d'argent. Une médaille commémorative sera délivrée à chaque Société présente.

Rien ne sera négligé pour donner tout l'éclat possible à cette fête, qui empruntera un caractère particulier aux sites pittoresques qu'offrent notre lac et nos montagnes.

Les Sociétés musicales, dont je suis l'organe, et la Municipalité seraient heureuses d'apprendre, dans le plus bref délai, que votre Société voudra bien prendre part à ce Concours. Vous pouvez être assuré que vous trouverez à Annecy un accueil cordial et des marques de la plus vive sympathie.

Agréez, Monsieur, l'assurance de ma considération la plus distinguée.

Le Président de la Commission d'organisation,

Pour le Maire,

L'Adjoint délégué,

L. CHAUMONTEL.

RÈGLEMENT GÉNÉRAL DU CONCOURS

Article 1er.

Un Concours international d'Orphéons, de Musiques d'harmonie et de Fanfares sera ouvert à Annecy, sous les auspices de la Municipalité, le dimanche 22 août 1869.

Art. 2.

Toutes les Sociétés de France et des pays voisins sont invitées à y prendre part.

Art. 3.

Le premier Concours consistera en une lecture à première vue.

Ce Concours sera facultatif à toutes les Sociétés, sans distinction de Division ou de Section de Division.

Il y aura pour ce Concours deux Divisions.

Les Sociétés Chorales qui voudront y prendre part s'engageront à chanter, dans la première Division, un quatuor inédit, sans paroles, et, dans la deuxième Division, un duo inédit, sans paroles.

Les Sociétés instrumentales s'engageront à exécuter un morceau inédit d'une difficulté distincte et proportionnée pour chaque division.

Ces morceaux seront remis aux Sociétés cinq minutes avant l'exécution.

Les Sociétés qui voudront se servir de musique chiffrée devront en faire la demande avant le 1er août.

Les solféges du Concours à première vue seront écrits pour la notation en chiffres dans le même ton que pour la notation usuelle.

Art. 4.

Les autres Concours comprendront cinq Divisions :

1° DIVISION D'EXCELLENCE.

Cette Division est accessible à toutes les Sociétés qui en feront la demande.

Les Orphéons devront exécuter un seul morceau inédit, d'une difficulté au moins égale à celle des morceaux habituellement imposés dans la division supérieure, et qui sera envoyé d'Annecy dix jours avant le Concours.

Les Sociétés instrumentales exécuteront un seul morceau à leur choix, autre que celui qu'elles exécuteront dans leur Division respective.

Une grande médaille d'or sera décernée, comme prix unique, aux Orphéons de cette Division, et *une autre grande médaille d'or* sera décernée comme prix unique, aux Musiques d'harmonie et Fanfares qui devront concourir ensemble (pour cette Division seulement).

2° DIVISION SUPÉRIEURE.

Orphéons ou Sociétés instrumentales qui ont déjà concouru dans cette Division, ou qui ont obtenu un premier prix ascendant en première Division à un précédent Concours.

3° PREMIÈRE DIVISION.

Sociétés ayant remporté, dans un précédent Concours, le premier prix ascendant de la deuxième Division.

4° DEUXIÈME DIVISION.

Sociétés ayant remporté le premier prix ascendant de la première Section de la troisième Division.

5° TROISIÈME DIVISION.

Composée de plusieurs Sections dont le classement sera fait d'après les feuilles de renseignements.

2

Art. 5.

Les Sociétés françaises et étrangères concourront ensemble et par Division, sans distinction de nationalité.

Art. 6.

Il est créé une Section spéciale dite Section de classement, en faveur des Sociétés instrumentales des deux départements savoisiens qui n'ont encore pris part à aucun Concours, et qui ne demanderont pas à concourir dans une des Divisions ou Sections ci-dessus.

Art. 7.

Une Société ne pourra se présenter au Concours que dans la Division où elle aura été inscrite.

Art. 8.

Chaque Société exécutera deux morceaux (sauf en excellence).

Pour le Concours des Sociétés chorales, un chœur spécial sera imposé à la Division supérieure, à la première, à la deuxième Division, et à la première Section de la troisième Division.

Pour les Sociétés instrumentales, un morceau sera imposé à la Division supérieure et à la première Division.

La partition du chœur ou morceau imposé sera envoyé d'Annecy ou indiqué aux Sociétés :

15 jours avant le Concours, pour la Division supérieure ;
20 jours avant le Concours, pour la première Division ;
25 jours avant le Concours, pour la deuxième Division ;
30 jours avant le Concours, pour la première Section de la troisième Division.

Les autres chœurs ou morceaux sont laissés au choix des Sociétés.

Art. 9.

Une Société ne pourra concourir avec un morceau qui lui aura déjà valu une récompense dans un concours précédent.

Art. 10.

Tous ces chœurs ou morceaux au choix devront être indiqués dans la feuille de renseignements, et MM. les Directeurs de chaque Société voudront bien, avant d'entrer en lice, faire remettre par l'un des Commissaires du Concours, au Président de leur Jury, la partition ou une partie conductrice de ces chœurs ou de ces morceaux.

Art. 11.

Le minimum du nombre d'exécutants pour chaque Société est fixé comme suit :

SOCIÉTÉS	DIVISION supérieure	1re DIVISION	2me DIVISION	3me DIVISION 1re section	3me DIVISION 2me section	OBSERVATIONS
Chorales . .	30	24	20	16	12	
Musiques d'harmonie . .	35	30	24	16	12	Non compris la batterie
Fanfares. . .	30	21	15	12	12	

Chaque Société instrumentale devra indiquer exactement si ses instruments sont au diapason normal ou non.

Toute Musique n'ayant pas plus de deux instruments en bois sera considérée comme Fanfare.

Art. 12.

Est exclue du Concours toute Société collective formée de plusieurs Sociétés de la même localité, ainsi que celle qui se serait adjoint, pour le Concours seulement, des amateurs ou des artistes qui d'ordinaire ne font pas partie de la Société.

Art. 13.

Une feuille de renseignements sera adressée à chaque Société en même temps que le présent Règlement.

Cette feuille devra indiquer entre autres choses : les noms, l'âge et la profession de tous les membres qui composent la Société; elle indiquera aussi depuis combien de temps chacun d'eux apprend la musique.

La feuille de renseignements devra être certifiée sincère par M. le Maire de la Commune, qui déclarera que les membres inscrits font partie de la société depuis *trois mois* au moins. Cette condition est obligatoire.

Art. 14.

Les Sociétés Musicales d'Annecy se chargent de l'organisation du Concours. Elles ne concourront pas.

Art. 15.

Chaque chanteur ou exécutant ne pourra prendre part au Concours qu'avec la Société à laquelle il appartient. Toutefois la même personne pourra concourir dans une Société de chant et dans une Société instrumentale.

Art. 16.

Le Comité central d'organisation attachant une grande importance à la bonne exécution des morceaux d'ensemble, exclut tous les chœurs contenant des solos ou des quatuors solos, ainsi que tous morceaux choisis dans l'intention de couvrir, par l'habileté des solistes, la faiblesse de l'ensemble.

Art. 17.

Les Sociétés qui voudront prendre part au Concours devront se faire inscrire avant le 15 juin, en écrivant *franco* au Président du Comité central, et en envoyant, complètement remplie, la feuille de renseignements qui leur est adressée.

Art. 18.

L'ordre du Concours sera réglé en présence des délégués de l'autorité municipale et des Commissaires organisateurs, par un tirage au sort qui aura lieu le dimanche 11 juillet, à dix heures du matin, dans l'une des salles de la Mairie.

Chaque Société a le droit de se faire représenter à ce tirage.

Toute Société qui, après le tirage au sort, substituerait d'autres chœurs ou morceaux à ceux indiqués au procès-verbal, sera déclarée hors Concours.

Art. 19.

Les Sociétés qui ne seraient pas présentes au moment de l'ouverture du Concours, ou celles qui auraient laissé passer leur tour d'inscription, seront privées du droit de concourir, à moins toutefois que cette non-présence provienne ou de l'absence du Chef occupé à diriger une autre Société, ou de l'absence d'un membre appelé à concourir dans un autre lieu, en conformité de l'art. 15 ci-dessus.

Dans ce cas, cette Société pourra, sur sa demande, être entendue la dernière.

Art. 20.

Le Jury sera composé de membres choisis parmi les notabilités artistiques françaises et étrangères.

Art. 21.

Les différents Jurys seront organisés la veille du Concours.

Art. 22.

Le nombre des prix consistant en médailles d'or, de vermeil et d'argent, sera proportionné au nombre des Sociétés dont seront composées chaque Division et la Section de classement.

La Société qui se trouverait seule inscrite dans une Division ou Section, ou dont les concurrentes ne se présenteraient pas pour entrer en lice, sera également jugée par le Jury qui pourra lui décerner le prix dû au degré de son mérite.

Une médaille commémorative sera offerte à chaque Société qui prendra part au Concours.

Art. 23.

Toutes les Sociétés, avec leurs bannières et insignes, devront se réunir au lieu et à l'heure qui seront ultérieurement fixés, et se rendront ensuite aux lieux de Concours dans l'ordre qui leur sera assigné.

Art. 24.

La distribution des prix aura lieu le jour même du Concours. Elle sera précédée d'un festival dont la composition sera réglée par un avis ultérieur.

Art. 25.

Toutes contestations et difficultés seront portées devant le Jury de la Division ou Section à laquelle appartiendra la Société qui réclamera.
Les décisions du Jury seront sans appel.

Art. 26.

Les fêtes du Concours seront réglées par un programme.

Fait et arrêté à Annecy, par le Comité central d'organisation, le **27 mars 1869**.

Pour le Maire :

L'adjoint délégué, Président du Comité central,

L. CHAUMONTEL.

ÉTAT

AIN.

Nom des Sociétés.	Nombre des membres.	Nom des Commissaires.
		MM.
Les Trouvères de Misérieux, (orph.)	16	Calligé Jean.
Fanfare de Seyssel,	28	Domenjoud E.
Fanfare de Montuel,	30	Brissac.
Société chorale de Rilleux,	26	Perroux Claude.
Fanfare du Pont-de-Veyle,	30	Lachenal Jean.
Cercle choral de Miribel,	20	Robert Roch.
Société musicale de Gex, (fanf.)		
Fanfare de Thoiry,		Cartier.

ARDÈCHE.

Les Enfants du Vivarais d'Annonay,	31	Germain Aimé.
Orphéon d'Annonay,	27	Rossi François.

DRÔME.

Société chorale de Tain,	40	Bouvier Louis.
La Royannaise de Saint-Jean-en-Royans	28	Salomon Georges,
Société philharmonique de Romans, (har.)	52	Voisin Emmanuel.
Fanfare d'Etoile,	22	Raphin Camille.

ISÈRE.

Nom des Sociétés.	Nombre des membres	Nom des Commissaires.
		MM.
Orphéon de Grenoble,	53	Hodoyer.
Union Chorale de Grenoble,	35	Hermès Jean.
Harmonie des Pompiers de Grenoble,	56	Ramboud.
Les Montagnards de l'Isère, Grenoble,	30	Dufrêne Joseph.
Fanfares des Pompiers de la Tronche,	43	Hertz Joseph.
Echo de la Tronche, (fanfare),	28	Simon Charles.
Union Rivoise de Rives, (fan. et orph.),	52	Maillet.
Fanfare du Pont-de-Beauvoisin,	23	Bétrix Jules.
Fanfare de Gières, Uriage,	20	Cartier.
Société philharmonique de Chapareillan,	35	Rime Joanny.
Orphéon de Tullins,	26	Donadieu Jean.
L'Écho de la vallée de Tullins, (fan.)	30	Mathieu.
Fanfare de Domène,	21	Terraz Victor.
Musique de la Tour-du-Pin, (harmonie),	26	Barral Jacques
Orphéon de Saint-Ismier	32	Durouvenoz L.
Les bords de l'Isère de Vinay, (orph.)	18	Hérisson Auguste.
Société philharmonique de la Côte-Saint-André, (harmonie),	38	Frossard.
Harmonie Voironnaise de Voirons,	30	Jacob.
Echo de la Fure à Renage, (fanfare),	24	Selva James.
Les Enfants de Renage, (fanfare),	22	Decoux Michel.
Les Enfants de Bayard, à Pontcharra,	18	Rosset.
Fanfare de Goncelin,	27	Simon Pierre.
Fanfare des Pompiers de Sassenage,	22	Favre Petrus.
Société musicale de la Mure, (har,)	45	Mugnier Auguste.
Fanfare des Pompiers de Moirans,	20	Amoudruz.

JURA.

La Lyre villageoise de Ruffey-sur-Seille,	37	Calligé Jean.

LOIRE.

Cercle musical de Terre-Noire, (fan.),	20	Bourgeois Camille.
Société musicale de Firminy, (har.)	32	Chapelet Félix.

RHÔNE.

Nom des Sociétés.	Nombre des membres	Nom des Commissaires.
		MM.
Cercle choral de Vaise, Lyon,	38	Favre Petrus.
Cercle choral Lyonnais,	45	Salomon Jacques.
Harmonie du 4me arr. de Lyon,	39	Bergier Emile.
Harmonie du Rhône, de Lyon,	43	Auclair Joseph.
Les Enfants des Bardes, de Lyon, (fanf),	24	Dangon Jean.
L'Echo de Vaise, (fanfare),	30	Ducret Guillaume.
Harmonie Lyonnaise,	35	Philippe Jacques.
Alliance Lyrique, de Lyon, (orphéon),	35	Grenouille Lucien.
Echo du Rhône, de Lyon, (fanfare),	38	Decoux Claude.
Fanfare du 5me arrondissement de Lyon,	25	Robert Antoine.
Società filarmonica Italiana, (orph.) id.,	26	Abratte.
Union chorale de Lyon, (orphéon),	40	D'Orlyé E.
Fanfare des Pompiers de Mornand,	37	Daydé.
Cercle choral de Vénissieux,	40	Fontaine Charles.
Fanfare de Tarare,	80	Favre Charles.
Orphéon de Villefranche,		Dunant Charles.
L'Abeille de Pierre-Bénite, (fanfare),	25	Robert Victor.
Fanfare de Vourles,	23	Lacombe Pierre.
Fanfare d'Orliénas,	16	Bonnet Louis.
Fanfare de Fleurieux,	19	Perceval.
Fanfare de Charly,	20	Robequin.
Fanfare de l'Ile-Barbe-Saint-Rambert,	25	Burdallet F.
Fanfare de Sainte-Foy,	15	Dunant Charles.
Les Enfants du Mont-d'Or de Poleymieux	20	Boimond.
Echo des Balmes-Viennoise de Vaulz-en-Velin, (fanfare),	15	Simon François.
Orphéon de Neuville-sur-Saône,	31	Perceval.
Chorale d'Oullins, 61me secours mutuels,	32	Allmer Adrien.
Le Ménestrel de Villeurbanne, (orph.),	31	Hérisson Joseph.

SAVOIE.

Cercle choral de Chambéry,	56	Baud Paul.
Musique des Pompiers de Chambéry,	33	Alberti,
Société de musique de Saint-Pierre-d'Albigny,	20	Crozier.
Fanfare d'Yenne,	17	Borget, fils.
Les Enfants des Alpes d'Albertville,	44	Bonnet François.
Fanfare de Saint-Genix,	20	Jouvenon Marie.
Musique d'Aix-les-Bains,	26	Romand Marie.

HAUTE-SAVOIE.

Nom des Sociétés.	Nombre des membres.	Nom des Commissaires.
		MM.
La Lyre Rochoise de la Roche, (orph.),	21	Calligé Victor.
Musique de la Roche,	28	Salomon Joseph.
Fanfare des Pompiers de Rumilly,	26	Marchand.
Fanfare des Pompiers de Faverges,	15	Chavanne,
Orphéon et Fanfare d'Usinens,	22	Montagnoux.
Fanfare de Thônes,	18	Dépommier.

SEINE.

Les Allobroges de Paris, (orphéon),	52	Robert F.

SUISSE.

La Cécilienne de Genève, (orphéon),	51	Brunier Félix.
Union instrumentale de Genève, (fan.),	48	Boch Louis.
Société chorale de Genève,	54	Raisin.
Société de Sainte-Cécile de Genève,	34	Vuillermet.
Société de la Muse de Genève, (orph.),	25	Duparc, d^r-m^{in}.
Société chorale la Lyre de Genève,	36	Romand.
Société Liederkrantz de Genève,(orph.).	20	Bicking.
La Grégorienne de Carouge, (orph.),	36	Beauquis Jean.

PROGRAMME

DES

FÊTES DU CONCOURS

INSIGNES DES DIVERSES COMMISSIONS

Membres du Jury et de la Presse.	Ruban blanc.
Commission centrale d'organisation.	« Velours cramoisi.
Commission de musique et des locaux du Concours,	« Violet.
Commission de réception et séjour des Sociétés.	« Bleu.
Commission de contrôle.	« Orange.
Commission de décors, fêtes et installation.	« Vert.
Commission de logement et nourriture.	« Rose.

Samedi 21 août, *à midi 49 minutes.*

Réception à la gare du chemin de fer, par la Commission d'organisation et la Musique Municipale, de MM. les Membres du Jury et des Délégués de la presse venant de Paris, Lyon, Genève, etc.

A 7 heures du soir.

Sérénade à MM. les Jurés, sur la place du Théâtre.

A 8 heures du soir

RETRAITE AUX FLAMBEAUX

Dimanche 22 août

CONCOURS DE LECTURE A PREMIÈRE VUE

ORPHÉONS

1ʳᵉ DIVISION

THÉATRE, 8 *heures du matin.*

PRIX DES PLACES. — Fauteuils d'orchestre, 8 fr.; premières, 2 fr.; secondes, 1 fr. Troisièmes, 50 cent. Les Bureaux seront ouverts à 7 heures et 1/2.

1ᵉʳ prix : médaille d'or, grand module, offerte par Loge maçonnique l'Allobrogie, d'Annecy.
2ᵐᵉ prix : coupe en argent, offerte par la Société littéraire d'Albertville.
3ᵐᵉ prix : médaille de vermeil, grand module, offerte par M. C. Ruscon, courtier au Hâvre.

Union chorale de Lyon.	. .	40	MM. Jansenne,	direct.
Les Allobroges de Paris	. .	52	« Boirard,	«
Cercle choral Lyonnais.	. .	45	« Chambon,	«
Cercle choral de Vénissieux	.	40	« Chosson,	«
Harmonie Lyonnaise	. . .	35	« Laussel,	«

HOTEL-DE-VILLE, SALLE DES ASSISES

Prix d'entrée : 1 franc.

2ᵐᵉ DIVISION

1ᵉʳ prix : médaille d'or, petit module, offerte par les Savoisiens de Lyon.
2ᵐᵉ prix : médaille de vermeil, grand module, offerte par la pension Gruffaz, d'Annecy.
3ᵐᵉ prix : médaille d'argent, petit module, offerte par M. Pitarch, professeur de piano, Annecy.

L'Orphéon de Grenoble	. .	53	MM. Duprey,	direct.
Orphéon de Neuville-sur-Saône		31	« Guimet,	«
Cercle choral de Chambéry	.	55	« Trincaz,	«
Alliance Lyrique de Lyon	. .	35	« Gloton,	«
La Cécilienne de Genève	. .	54	« Bergalonne,	«
La Grégorienne de Carouge	.	36	« Berthier,	«

HARMONIES

COUR DE BONLIEU, *8 heures du matin.*

Prix d'entrée : 50 centimes.

1re DIVISION.

Prix : médaille d'or, grand module, offerte par M. le baron Ruphy Scipion.

Harmonie Grenobloise . . .	56	MM. Tardy, directeur.
Société philharmon. de Romans	52	« Lecœur, «

2me DIVISION.

Prix : médaille de vermeil, très-grand module, offerte par M. Agnellet.

Harmonie du Rhône, de Lyon	43	M. Guichard, direct

FANFARES

2me DIVISION

1er prix : médaille d'or, petit module, offerte par les Savoisiens de Lyon.
2me prix : médaille de vermeil, grand module, offerte par la pension Juge, à Annecy.
3me prix : médaille de vermeil, petit module, offerte par M. Gentil, directeur de la Musique municipale d'Annecy.

Union instrumentale Genevoise	48	MM. Bergalonne, dir.
Fanfare de Fleurieux . . .	19	« Guimbal, «
Les Enfants des Bardes, de Lyon	24	« Huguenin, «
L'Echo de Vaise.	32	« Baptandier, «
Harmonie Voironnaise. . .	30	« Dalmais, «

NOTA. — Les personnes qui assisteront au *Concours à première vue,* ne pourront, pour aucun motif, en sortir avant la fin. Les sociétés attendront au dehors et seront appelées par leur numéro d'ordre.

La même consigne existera pour les sociétés. Aucun membre, une fois entré, ne pourra sortir avant la fin du Concours.

CONCOURS DES DIVISIONS D'EXCELLENCE

ORPHÉONS

THÉATRE, *à 10 heures du matin.*

PRIX DES PLACES.—Fauteuils d'orchestre, 3 fr.; premières, 2 fr.; secondes, 1 fr.; Troisièmes, 50 centimes.

Chœur imposé : — *Les Chanteurs Florentins*, MONESTIER.

Prix unique : couronne de vermeil, offerte par la Municipalité d'Annecy.

Les Allobroges de Paris	52	MM.	Boirard,	direct.
La Cécilienne de Genève	51	«	Bergalonne,	«
Union chorale de Lyon.	40	«	Jansenne,	«
Cercle choral Lyonnais	45	«	Chambon,	«
Harmonie Lyonnaise	35	»	Laussel,	«

HARMONIES ET FANFARES

COUR DE BONLIEU, *à 10 heures du matin*

Prix d'entrée : 50 cent.

Prix unique : couronne de vermeil, offerte par la Municipalité d'Annecy

Harmonie Grenobloise	56	MM.	Tardy,	directeur.
Mosaïque sur le Trouvère			Verdi.	
Union instrumentale Genevoise	40	«	Bergalonne	«
Ouverture de Poëte et Paysan			Suppé.	
Harmonie du Rhône	43	«	Guichard,	«
Fantaisie sur l'Africaine			Meyerbeer.	
Fanfare de Tarare	80	«	Luigini,	«
Ouverture de Zampa			Hérold.	

A 11 heures du matin.

Réunion de toutes les Sociétés dans la grande allée du Pâquier. — Chaque Société se placera au numéro d'ordre ci-après indiqué dans l'ordre du cortège.

A 11 heures 30 minutes.

Défilé des Sociétés, bannières en tête.

ITINÉRAIRE DU DÉFILÉ.

Place de la Préfecture, Avenue du Pâquier, rue du Pâquier, rue Royale, rue des Boucheries, rue Sainte-Claire, rue de l'Isle, rue Perrière, place Saint-François, rue Saint-Maurice, place de l'Hôtel-de-Ville.

Remise de la MÉDAILLE COMMÉMORATIVE, après laquelle chaque Société se rendra à son lieu de concours ci-après désigné.

ORDRE DU CORTÈGE

1 Musique Municipale d'Annecy.
2 La Lyre Villageoise de Ruffey.
3 La Société chorale de Genève.
4 Fanfare d'Etoile.
5 Musique des Pompiers de Chambéry.
6 Société chorale de Rilleux.
7 Les Enfants de Renage.
8 Harmonie Voironnaise de Voirons.
9 Orphéon d'Annonay.
10 Société musicale de Firminy.
11 Cercle choral de Vaise, Lyon.
12 Fanfare d'Orliénas.
13 Harmonie Grenobloise.
14 Les Enfants du Vivarais, d'Annonay.
15 Fanfare de Thoiry.
16 Harmonie du 4me arrondissement de Lyon.
17 Chorale d'Oullins.
18 Fanfare de Vourles.
19 Harmonie du Rhône, de Lyon.
20 Société chorale de Tain.
21 Fanfare des Pompiers de Moirans.

22 La Cécilienne de Genève.

23 Philharmonique de Romans.

24 Liederkrantz de Génève.

25 Les Enfants de Bayard à Pontcharra.

26 Fanfare des Sapeurs-Pompiers de Sassenage.

27 Cercle choral de Miribel.

28 Société Philharmonique de la Mure.

29 L'Echo de la Tronche.

30 Les Enfants des Alpes, d'Albertville.

31 Fanfare de Goncelin.

32 Philharmonique de Chapareillan.

33 Les bords de l'Isère de Vinay.

34 Les Enfants du Mont-d'Or, de Poleymieux.

35 Cercle choral de Chambéry.

36 Musique d'Aix-les-Bains.

37 Fanfare de Seyssel.

38 Cercle choral de Vénissieux.

39 Fanfare d'Yenne.

40 La Sainte-Cécile de Genève.

41 Philharmonique de la Côte-Saint-André.

42 Orphéon de Tullin.

43 Société Philharmonique de Sainte-Foy.

44 Fanfare de Faverges.

45 Orphéon de Grenoble.

46 Fanfare de l'Ile-Barbe Saint-Rambert

47 Union chorale de Lyon.

48 Musique de la Tour-du-Pin.

49 L'Echo des Balmes-Viennoise, de Vaulx-en-Velin.

50 Orphéon de Saint-Ismier.

51 Fanfare de Saint-Pierre-d'Albigny.

52 Orphéon de Villefranche.

53 Fanfare de Saint-Genix.

54 Cercle musical de Terre-Noire.

55 Orphéon de Neuville.

56 Les Enfants des Bardes de Lyon.

57 La Lyre Rochoise, de la Roche.

58 L'Echo du Rhône, de Lyon.

59 La Muse de Genève.

60 Fanfare des Pompiers de Mornant.

61 L'Abeille de Pierre-Bénite.

62 La Grégorienne de Carouge.

63 Fanfare de Tarare.

64 Cercle choral Lyonnais.

65 La Royannaise de Saint-Jean-en-Royans.

66 L'Echo de la Fure à Renage.

67 Harmonie Lyonnaise.

68 Fanfare du 5me arrondissement de Lyon.

69 Union Rivoise de Rives, orphéon.

70 Union Rivoise de Rives, fanfare.

71 L'Echo de Vaise, Lyon.

72 Fanfare des Pompiers de la Tronche.

73 Les Allobroges de Paris.

74 Musique de la Roche.

75 Fanfare de Charly.

76 Les Trouvères de Misérieux.

77 Fanfare de Montluel.

78 Les Montagnards de l'Isère.

79 Fanfare de Gières.

80 Fanfare d'Usinens.

81 Chorale d'Usinens.

82 Fanfare des Pompiers de Rumilly.

83 Union chorale de Grenoble.

84 Fanfare de Thônes.

85 Filarmonica italiana, de Lyon.

86 Fanfare de Domène.

87 Alliance Lyrique de Lyon.

88 L'Echo de la Vallée de Tullin.

89 Société Musicale de Gex.

90 La Lyre de Genève.

91 Fanfare du Pont-de-Veyle.

92 Union instrumentale de Genève.
93 Ménestrel de Villeurbanne.
94 Fanfare du Pont-de-Beauvoisin.
95 Fanfare de Fleurieux.
96 Société chorale d'Annecy.

CONCOURS GÉNÉRAL

ORPHÉONS

THÉATRE, *à midi.*

PRIX DES PLACES. — Fauteuils d'orchestre, 3 fr.; premières, 2 fr.; secondes, 1 fr.; troisièmes, 50 cent. — Les Bureaux seront ouverts à 11 heures et 1/2.

5ᵐᵉ DIVISION. 1ʳᵉ *Section.* — DIVISION SUPÉRIEURE.

3ᵐᵉ DIVISION. 1ʳᵉ *Section.*

Chœur imposé : *Tableaux champêtres,* paroles de M. Niérat, musique de M. Ritz.

1ᵉʳ prix : médaille d'or, offerte par les Pères de la Grande Chartreuse.
2ᵐᵉ prix : médaille de vermeil, offerte par la Société chorale d'Annecy.
3ᵐᵉ prix : médaille de vermeil, offerte par les Savoyards de Lyon.
4ᵐᵉ prix : médaille d'argent, offerte par M. Chaumontel, adjoint, Président du Comité d'organisation.
5ᵐᵉ prix : médaille d'argent, offerte par les Employés de l'octroi d'Annecy.

	Membres.		
Cercle choral de Vaise. . .	38	MM. George,	direct.
Le Chant des Amis		Amb. Thomas.	
Chorale de Ste-Cécile de Genève	34	« Argand,	«
La Bienfaisance		Gevaert.	
Les Montagnards de l'Isère .	30	« Favier,	«
Le Départ des Compagnons		L. de Rillé.	
Cercle choral de Miribel . .	20	« Couard,	«
La Chasse		Paillard.	

Liederkrantz de Genève . .	20	MM.	Jaëger, direct.
Ossiam			Bersuit.
L'Union chorale de Grenoble.	35	«	Robin, «
Le Retour des Moissonneurs			Semet.
Les Enfants des Alpes d'Albertville	44	«	Lignac, «
Les Moissonneurs de la Brie			L. de Rillé.
Società Filarmonica italiana, de			
Lyon	26	«	Paracca, «
I Lombardi			Verdi.
Chorale la Muse de Genève .	22	«	Lantz. «
L'hiver des quatre saisons			Watier
Alliance Lyrique de Lyon . .	35	«	Gloton, «
Liberté ! Liberté !			Monestier.

DIVISION SUPÉRIEURE.

Chœur imposé : — *Les Esclaves*, de Saintis.

1er prix : médaille d'or, grand module, offerte par le Cercle du Commerce d'Annecy.
2me prix : médaille de vermeil, offerte par les Sapeurs Pompiers d'Annecy.

Les Allobroges de Paris . .	52	MM.	Boirard, direct.
Le Matin			L. de Rillé.
Harmonie Lyonnaise . . .	35	«	Laussel, «
La Séparation des Apôtres			Monestier.
L'Union chorale de Lyon . .	40	«	Jansenne, «
Mon Village			Schubert.
Cercle choral de Lyon . . .	45	«	Chambon, «
La Sérénade			Eisenhofer.

2ᵐᵉ DIVISION. — 1ʳᵉ DIVISION.

2ᵐᵉ DIVISION.

Chœur imposé : — *Ma Ville*, par Besozzi.

1ᵉʳ prix : médaille d'or, offerte par S. M. l'Empereur.
2ᵐᵉ prix : médaille de vermeil, offerte par Mᵐᵉ Revon.
3ᵐᵉ prix : médaille de vermeil, offerte par M. Rouquier, commandant
le recrutement de la Haute-Savoie.

Orphéon d'Annonay . . . 27 MM. Effantin, direct.
La Séparation des Apôtres — Monestier.
La Lyre de Genève . . . 36 « Duraz «
La Nouvelle Alliance — Halévy.
Cercle choral de Chambéry . 55 « Trincaz «
Les Paysans — Saintis.
Orphéon de Grenoble . . . 53 « Duprey, «
La Séparation des Apôtres — Monestier.
Orphéon de Neuville-sur-Saône 31 « Guimet, «
L'incendie — Guimet.
Société chorale de Genève . 54 « Jaëger. «
La Sainte Alliance des Peuples, — Besozzi.

1ʳᵉ DIVISION.

Chœur imposé : — *Midi*, par M. Besozzi.

1ᵉʳ prix : coupe de vermeil, offerte par les Savoyards de Genève.
2ᵐᵉ prix : médaille de vermeil, offerte par les Savoyards de Lyon.

La Cécilienne de Genève . . 51 MM. Bergalonne, dir.
Chants lyriques de Saül — Gevaert.
Cercle choral de Vénissieux . 40 « Chosson, «
La Séparation des Apôtres — Monestier.
Société chorale de Tain . . 40 « Marrel, «
La Séparation des Apôtres — Monestier.

MANUFACTURE DE SAINTE-CLAIRE.

Prix d'entrée : 50 centimes.

3ᵐᵉ DIVISION. 2ᵐᵉ *Section.*

Point de chœur imposé.

1ᵉʳ prix : médaille de vermeil, grand module, offerte par les Allobroges de Paris,

2ᵐᵉ prix : médaille de vermeil, offerte par les employés des Ponts et Chaussées d'Annecy.

3ᵐᵉ prix : médaille de vermeil, offerte par les employés des Ponts et Chaussées d'Annecy.

4ᵐᵉ prix ; médaille d'argent, offerte par S. M. l'Impératrice.

5ᵐᵉ prix : médaille d'argent, offerte par le Cercle du Commerce d'Annecy

6ᵐᵉ prix : médaille d'argent, offerte par M. Brissac, membre honoraire de la Chorale d'Annecy,

Les Trouvères de Misérieux .	16	MM.	Descours,	direct.
La Fournaise			Vialon.	
Les Maçons			Saintis.	
Union Rivoise, de Rives . .	34	«	Lefebvre,	»
Hymne au Progrès			Mayer.	
Une Nuit à Séville			O. Comettant.	
Orphéon de Saint-Ismier . .	32	«	Hermite,	«
Salut aux Chanteurs			A. Thomas.	
Ronde Villageoise			Minard.	
Les Enfants du Vivarais d'Annonay	34	«	Bertrand,	«
La Montagne			Besozzi.	
La Barcarolle			L. de Rillé.	
Orphéon de Tullins. . . .	26	«	Billiard,	«
Les Enfants de Paris			Adam.	
La Séparation des Apôtres			Monestier.	
Les bords de l'Isère, de Vinay	18	«	Surre,	»
Au fond du Verre			Riga.	
La Chasse			Calves.	
La Lyre Rochoise de la Roche	24	«	Rosa B.	«
Le Chant de l'Orphéon			C. de Vos.	
Les Paysans			Saintis.	
Société chorale de Rilleux. .	26	«	Moley,	«
La Lyre d'Usinens	22	«	Dunand,	«
Le Printemps			•••	
Les Enfants de la Semine			Roland.	

Chorale d'Oullins	32	MM.	Huber,	direct.
Le Brin d'herbe				Huber.
Ramous à bord				Huber.
La Grégorienne de Carouge .	36	«	Berthier,	«
Les Contrebandiers de la Galice				Caron.
Où s'en vont les Rêves				Roubrsi.
Le Ménestrel de Villeurbanne	31	«	Molay,	»
Les Paysans				Saintis.
Fraternité				Van Volxem.

___

HARMONIES

COUR DE BONLIEU, *à midi.*

Prix d'entrée : 50 cent.

3me DIVISION. 5me *Section* — 3me DIVISION. 2me *Section.*
5me DIVISION. 1re *Section.* — 2me DIVISION. 1re DIVISION.
DIVISION SUPÉRIEURE.

___

3me DIVISION. 5me *Section.*

1er prix : médaille de vermeil, offerte par M. Tissot, notaire, Annecy.
2me prix : médaille d'argent, offerte par les Savoyards de Lyon.

Musique de la Roche . . .	28	MM.	Mazzeri,	direct.
Finale de l'opéra Ernani				Verdi.
Philharmonique de La Mure .	45	«	***	
Philharmonique de Chapareillan	35	«	Guy,	«
La Croix d'honneur, ouverture				Bleger.
Un Morceau sur Robert le Diable				***
Société musicale de Firminy .	32	«	Lecomte,	«
La Ruche d'or, ouverture				Brepsant.
La Croix d'honneur, ouverture				Bleger.

3me DIVISION. 2me *Section.*

Prix : médaille de vermeil, offerte par M. Laperrousaz d'Annecy.

Musique de la Tour-du-Pin .	26	M. Darmail, direct.
Les Dragons de Villards		Maillard.
La Bienvenue		Bousquier.

3me DIVISION. 1re *Section.*

1er prix : médaille d'or, offerte par le Cercle Choral de Chambéry.
2me prix : médaille de vermeil, offerte par les Savoyards de Lyon.

Musique des Pompiers de Chambéry . , ...	33	MM. Fontanelli, direct.
Fantaisie nel Ballo in Maschera		Verdi.
Maria nel Ballo Carlo il guastetore		Giorza.
La Lyre Villageoise de Ruffey-sur-Seille	37	« Dupont, «
Fantaisie sur Lucie, arrangée par		Dupart.
L'Elisire d'amore, fantaisie.		Dupart.
Société philharmonique de la Côte Saint-André . .	38	» Lapraz Duclos, «
Benedetta, ouverture		Vincent d'Ay.
Fantaisie, ouverture pour concours		•••

2me DIVISION.

Prix : médaille d'or, offerte par M. le Préfet de la Haute-Savoie.

Harmonie du 4me arr. de Lyon	39	MM. Lahire, directeur.
Fantaisie sur Lucrèce Borgia		Verdi.
Fantaisie sur Fra Diavolo		Auber.
Harmonie du Rhône . . .	43	« Guichard, «
Fantaisie sur l'Africaine		Meyerbeer.
Ouverture de Genevu		Sellenich.

1ʳᵉ DIVISION.

Morceau imposé : *Le Lac*, par M. Heid.

Prix : médaille d'or, offerte par les Actionnaires des Galeries du Fier.

Société philharmonique de Romans 52 M. Lecœur, direct.
Ouverture du Pré aux Clercs   Herold.

DIVISION SUPÉRIEURE.

Morceau imposé : *Ouverture du Val de Fier.* DELGRANGE.

Prix : médaille d'or, offerte par la Corporation des Notaires d'Annecy.

Harmonie Grenobloise. . . 56 « M. Tardy, directeur.
La médaille d'or, ouverture   Gurtner.

FANFARES

COUR DE L'ÉVÊCHÉ, *à midi.*

Prix d'entrée : 50 cent.

3ᵐᵉ DIVISION. 2ᵐᵉ *Section,* groupe A. — 2ᵐᵉ DIVISION.

5ᵐᵉ DIVISION. 2ᵐᵉ *Section,* groupe A.

1ᵉʳ prix : médaille vermeil, offerte par M Anselme Petetin, directeur de
    l'Imprimerie impériale.
2ᵐᵉ prix : médaille vermeil, offerte par la pension Gruffaz, Annecy.
3ᵐᵉ prix : médaille d'argent, offerte par M. Ruscon, courtier au Hâvre.
4ᵐᵉ Prix : médaille d'argent, offerte par les Employés de l'octroi d'Annecy

Fanfare des Pompiers de Sas-
    senage . . . . . 22 MM. Perpignan, dir.
Marche, fantaisie   Mohr.
Le Cor des Alpes, andante   Perpignan.

L'Echo des Balmes Viennoises,
de Vaulx-en-Velin. . . 15 MM. Cheval,   direct.
Marie, marche Brepsant.
Fleur d'or, fantaisie Couturier.

Fanfare de Pont-de-Veyle. . . 30 « Georges, «
Marche de Revel
Retraite des Carabiniers

La Royannaise, de Saint-Jean-
en-Royans . . . . 28 « Giraud «
Fleur d'or, fantaisie Couturier.
La Ruche d'or, ouverture Brepsant.

Echo de la Vallée, à Tullins . 30 « Berjoan, «
Les Aveugles de Tolède Mehul.
Fremerberg Gohersmann.

Fanfare du Mont - d'Or, de
Poleymieux. . . . 20 « Cusset, «
Eléonore, fantaisie Blancheteau.
Hymne aux braves, grande marche Marie.

Les Enfants de Renage. . . 22 « Monneret, «
Les bords du lac de Garde, tyrolienne Bonnot.
Fantaisie sur Martha, arrangée par Dalmais.

2me DIVISION.

1er Prix: médaille d'or, offerte par la Société Philanthropique Savoisienne
de Paris.
2me prix : médaille de vermeil, offerte par M. Tissot, notaire, Annecy.

L'Echo du Rhône, de Lyon . 38 MM. Pontet, directeur.
Mignonette, fantaisie, par Pontet.
Un Groupe, pot pourri, par Pontet.

Fanfare des Pompiers de la
Tronche. . . . . 43 » Mathon, «
Grande fantaisie, par Luigini.
Léonti, marche fantaisie, par Mohr.

Harmonie Voironnaise, de Voi-
rons . . . . . . 30 « Dalmais, «
Roland à Roncevaux, par Mermet.
La Styrienne de Fremesberg, arrangée par Dalmais.

DIVISION DE CLASSEMENT. — 1ʳᵉ DIVISION. — DIVISION SUPÉRIEURE.

DIVISION DE CLASSEMENT.

1ᵉʳ prix : médaille de vermeil, offerte par M. Bianco, président honoraire de la Musique municipale d'Annecy.
2ᵐᵉ prix : médaille de vermeil, offerte par M. Tissot, ingénieur.
3ᵐᵉ prix : médaille d'argent, offerte par M. Chaumontel, président du
Comité du Concours.
4ᵐᵉ prix : médaille d'argent, offerte par M. Rey, fabricant d'eaux minérales, Annecy
5ᵐᵒ prix : médaille d'argent, offerte par M. Saxod, ancien président de
la Musique Municipale d'Annecy.

Fanfare d'Usinens 20   MM. Dunant,   direct.
    La Seminane et la Vierge de la montagne par   Roland.
    Autre morceau du même auteur.

Fanfare des Sapeurs-Pompiers
      de Faverges. . . . 15   «   Saulnier.   «
    Divers morceaux par Tillard.

Fanfare de Saint-Genix . . 20   »   Meyet,   «

Fanfare de Seyssel 28   «   Maissonnet, «
    Valentine, fantaisie, par   Ernst.
    L'ambassadrice, ouverture, par   Auber.

Fanfare d'Yenne 17   »   Valla.   «
    Fantaisie Alpestre, par   Valla.
    Crispino e la Commaro (Ricci) arrangée par   Valla.

Fanfare de Thônes 18   «   Colombat, «
    Grande marche, par   Migette.

Musique d'Aix-les-Bains . . 26   «   Adé,   «

1ʳᵉ DIVISION.

Morceau imposé : *Fantaisie de Concours*, par Omer-Fort

Prix : médaille d'or, offerte par les Savoyards de Genève.

Fanfare des Pompiers de Mor-
nant 37   MM. Poulet, directeur.
　Mosaïque sur Faust　　　　　　　　Gounot.
Union instrumentale Genevoise 48   «   Bergalonne, »
　Tannhauser, fantaisie par　　　　　Richard Vagner.

DIVISION SUPÉRIEURE.

Moceau imposé : *Marche Triomphale*, par Th. de Lajarte.

Prix : médaille d'or, offerte par la Compagnie des Pompiers d'Annecy.

Fanfare de Tarare . . . . 80 « M. Luigini, directeur.
　Ouverture de Jean de Finlande　　　Hummel.

CASERNE DU SÉPULCRE, *à midi.*

Prix d'entrée : 50 centime.

3ᵐᵉ DIVISION, 2ᵐᵉ *Section*, groupe B. — 3ᵐᵉ DIVISION, 1ʳᵉ *Section*.

3ᵐᵉ DIVISION, 2ᵐᵉ *Section*, groupe B.

1ᵉʳ prix : médaille de vermeil, offerte par M. des Garets, caissier à la
　　　Banque de France, Annecy.
2ᵐᵉ prix : médaille de vermeil, offerte par M. Depraz, comptable à la
　　　Banque de France, Annecy.
3ᵐᵉ prix : médaille d'argent, offerte par les Employés de l'octroi d'Annecy.

Fanfare de Charly 20   MM. Imbert, directeur.
Fanfare d'Orliénas 16   «   Rambaud, «
　Héléna, fantaisie par　　　　　　　Blancheteau.

Fanfare du Pont-de-Beauvoisin 23   MM.   Guillet,   direct.
    Fantaisie sur Lucie, arrangée par   Luigini.
    Le chœur des Soldats de Faust, par   Gounot.

Fanfare du 5ᵐᵉ arr. de Lyon .   25   «   Savoie,   «
    Semplete, marche, par   Sinsoillier.
    Par redoublé, par   Sinsoillier.

Cercle musical de Terre-Noire 20   «   Fayard,   «
    La Ruche d'or, ouverture par   Brepsant.
    Ouverture de Barbe Bleu, par   Offenbach.

Fanfare de l'Union Rivoise, de
    Rives. 45   «   Lefèbvre,   «
    Elisa et Claudio, par   Mercadento
    Der Ambross, (polka)   Laul.

5ᵐᵉ DIVISION. 1ʳᵉ *Section.*

1ᵉʳ prix : médaille d'or, offerte par la Musique municipale d'Annecy.
2ᵐᵉ prix : médaille de vermeil, offerte par M. Duparc, capitaine des
       Pompiers d'Annecy.
3ᵐᵉ prix : médaille d'argent, offerte par S. A. le Prince Impérial.

Les Enfants des Bardes, de Lyon 24   MM.   Huguenin, direct.
    L'Orientale, ouverture   Blanckmann.
    Le Lac des fées, ouverture   Auber.

Echo de Vaise 32   «   Baptandier,   «
    Ouverture de la Muette, Auber, arrangée par   Baptandier.
    Sur les Amours du Diable, Grisard, arrangée par   Dassonville.

Fanfare de Rumilly. . . . 26   «   Bustini,   «
    Morceau caractéristique   Bustini.
    Attila, fantaisie, arrangée par   Bustini.

Fanfare de Domène. . . . 21   «   Lescur,   «
    Ouverture de Genève   Gurtner.
    L'Indépendant, pas redoublé   Mohr.

Société musicale de Vourles   23   «   Prévost,   «
    Fantaisie sur les Huguenots   Meyerbeer.
    Fantaisie sur Norma   Bellini.

Fanfare de Montluel . . . 30   «   Pierrot,   «
    Morceau de Concours, inédit   Salis.
    Petite fantaisie sur Faust   Pierrot.

COUR DE LA MANUFACTURE, (avenue de Chambéry).

Prix d'entrée : 50 cent,

3me DIVISION. 3me *Section.*

1er prix : médaille de vermeil, offerte par M. Allmer, chef de bureau à
la Préfecture d'Annecy.

2me prix : médaille de vermeil, offerte par M. Simon C., employé à la
Préfecture d'Annecy.

3me prix : médaille de vermeil, offerte par M. Mockers, professeur de
piano, Annecy.

4me prix : médaille d'argent, offerte par S. M. l'Impératrice.

5me prix : médaille d'argent, offerte par la Compagnie des Pompiers
d'Annecy.

6me prix : médaille d'argent, offerte par les Négociants de la rue Sainte-
Claire.

Fanfare de Gières	20		MM. Frêne, directeur.
Marche			Mohr.
Africaine, fantaisie			Meyerbeer.
L'Abeille de Pierre-Bénite . .	25	«	Poulet, «
L'Aigle, marche triomphale			Gariel.
Les Dragons de Villards, fantaisie			Mailland.
Fanfare de Fleurieux . . .	19	«	Guimbal, «
Fantaisie sur les Mousquetaires de la Reine			Guimbal.
Fantaisie sur l'œuf blanc et l'œuf rouge			Guimbal.
L'Echo de la Fure, à Renage.	24	«	Berjoan, «
Mosaïque sur Lucrèce			Donizetti.
Marche			Pilbert.
Les Enfants de Bayard, à Pont-			
charra	24	«	Débéan, «
Mosaïque sur Si j'étais Roi			Adam.
Air varié			Couturier.
Fanfare de Goncelin . . .	25	»	Kok, «
Lejour de Pâques, marche			Schunk.
Fantaisie sur le Châlet			Bindbehnei.
L'Echo de la Tronche . . .	28	«	Rambaud, «
Eléonore, fantaisie			Blancheteau.
Le Val d'amour, ouverture			Blancheteau
Fanfare des Pompiers de Moirans	20	»	Berjoan, «
Fantaisie sur la Muette			Auber.
Jérusalem			Verdi.

Société philharmonique de Sainte-Foy	15	MM. Imbert,	direct.
Fantaisie sur Martha,			Flottow.
Fantaisie militaire			Imbert.
Fanfare d'Etoile.	22	« Irr,	
L'Etoile de Bretagne, ouverture			Cambin.
Faust, fantaisie			Gounot.
Fanfare de l'île Barbe Saint-Rambert.	25	« Roya,	«
La Gloire			Blancheteau.
Le Roi des mers			Ziégler.
Fanfare de Saint-Pierre-d'Albigny	20	« Boëtti,	»
Marche sur Miattiozzi			Boëtti.
Nabuchodonosor, chœur			Verdi.

A 3 heures

JEUX ET DIVERTISSEMENTS PUBLICS

A 5 heures

GRAND FESTIVAL
A L'ESPLANADE DU PAQUIER

PRIX D'ENTRÉE :

Places réservées . . . 2 francs.
Dans l'enceinte. . . . 50 centimes.

PROGRAMME DU FESTIVAL

Salut à la Patrie, chœur patriotique, paroles de M. JULES PHILIPPE, musique de M. L. DE RILLÉ, chanté par tous les Orphéons.

Les Chanteurs Florentins, chœur de M. MONESTIER, chanté par les Orphéons de la division d'excellence.

Morceaux exécutés par les Fanfares et Harmonies de la division supérieure.

A 6 heures.

PROCLAMATION DES RÉCOMPENSES

DÉCERNÉES PAR LE JURY

ET DISTRIBUTION DES COURONNES, DES MÉDAILLES ET DES COUPES

A 7 heures.

BANQUET offert à MM. les Membres du Jury, par la Commission d'organisation. — Bal champêtre au Pâquier.

A 8 heures.

Illumination générale.

A 9 heures.

Fête vénitienne sur le lac. — Feux de joie, flammes de Bengale, concert nautique donné par les Sociétés musicales embarquées sur la flottille illuminée.

LUNDI 23 AOUT

Promenades sur le lac, à bord du vapeur la *Couronne de Savoie*, offertes aux Sociétés musicales.

SERVICE MÉDICAL

MM. les docteurs Thonion et Rey ont bien voulu se mettre spécialement à la disposition des Sociétés.

Des BOITES DE SECOURS, offertes obligeamment par M. Thabuis, pharmacien, seront déposées sur une embarcation de la flottille et à l'Hôtel-de-Ville, salle de la Justice de Paix, où on pourra s'adresser pour tous soins médicaux.

COMPOSITION DES JURYS

24 AOUT 1869

CONCOURS DE LECTURE A PREMIÈRE VUE

ORPHÉONS

Salle du Théâtre, à 8 heures du matin.

1re DIVISION

MM. Laurent de Rillé, président ; Saintis, Figelli, Martinet, Mockers.

Hôtel-de-Ville, Salle des Assises

2me DIVISION

MM. Besozzi, président ; Monestier, Mathieu de Monter, Landi, Pitarch.

HARMONIES ET FANFARES

Cour de Bonlieu

1re ET 2me DIVISION

MM. Jonas, président ; Abel Simon, Delgrange, O. Fort, Heil.

CONCOURS DES DIVISIONS D'EXCELLENCE

ORPHÉONS

Théâtre, à 10 heures du matin.

MM. Monestier, président ; Besozzi, Laurent de Rillé, Mathieu de Monter, Saintis, Martinet, Figelli, Landi, Mockers, Pitarch, Poncet, Cléry, Carron, Ritz.

HARMONIES ET FANFARES

Cour de Bonlieu

MM. Forestier, président ; Gautrot, Jonas, de Lajarte, Paulus, Abel Simon, Adriet, Bardet, Bianchi, Buttin, J. Bergier, Callies, Delgrange, O. Fort, Girod, Heid. Lachenal, Manceron, Mareschal, Ruphy Scipion, Vanderhaiden, Coppier F.

CONCOURS D'EXÉCUTION

ORPHÉONS

Théâtre, à midi

MM. Saintis, président ; Monestier, Mockers, Ritz.

Hôtel-de-Ville, Salle des Assises

MM. Besozzi, président; Mathieu de Monter, Poncet, Carron,

Manufacture de Sainte-Claire

MM. Laurent de Rillé, président; Martinet, Figelli, Pitarch, Cléry.

HARMONIES

Cour de Bonlieu

MM. Paulus, président; Delgrange, Heid, Manceron, Bergier.

FANFARES

Cour de l'Évéché

MM. De Lajarte, président; Bianchi, Callies, Buttin.

Cour du Collège.

MM. Forestier, président; Gautrot, O. Fort, Ruphy Scipion, Lachenal.

Caserne du Sépulcre.

MM. Emile Jonas, président; Vanderhaiden, Bardet, Mareschal.

Cour de la Manufacture de Saint-Joseph.

MM. Abel Simon, président; Adriet, Coppier Félix. Girod.

COMMISSIONS DES LIEUX DE CONCOURS

COMMISSAIRES D'INTÉRIEUR.

Théâtre. MM. Niérat, Sève.
Salle des Assises. Ritz, Niérat.
Sainte-Claire. Bastenaire Alfred.
Bonlieu. Gentil, Favre Joseph.
Evéché. Terrier Jacques.
Collége. Tournier Jean.
Sépulcre. Massonat.
Manufacture. Mayet Victor.

COMMISSAIRES POUR INTRODUIRE.

Théâtre. MM. Rosset Claude.
Salle des Assises. Robert François.
Sainte-Claire. Terrier François, Voisin.
Bonlieu. Plantard.
Evéché. Pissard Antoine.
Collége. Chappet Charles.
Sépulcre. Lamouille Joseph.
Manufacture. Balleydier.

COMMISSAIRES DE RECETTES.

Théâtre. MM. Robert, Rolland.
Salle des Assises. Jarret.
Sainte-Claire. Lansard.
Bonlieu. Gavel, Dufournet.
Evéché. Héritier, Cottet Jean.
Collége. Sage, Mouthon.
Sépulcre. Philippe Félix, Gavard Claude.
Manufacture. Thabuis Claude, Grumel.

PRIX

OFFERTS POUR LE CONCOURS

COURONNES DE VERMEIL.

La ville d'Annecy.

COUPE DE VERMEIL.

Les Savoyards de Genève.

COUPE D'ARGENT.

La Société littéraire d'Albertville.

MÉDAILLES D'OR GRAND MODULE.

La Loge maçonnique l'Allobrogie, d'Annecy.
M. le baron Ruphy Scipion.
Le Cercle du Commerce, d'Annecy.
La Corporation des Notaires, d'Annecy.
Les Sapeurs-Pompiers d'Annecy.

MÉDAILLES D'OR PETIT MODULE.

S. M. l'Empereur.
S. M. l'Impératrice.
Le Préfet de la Haute-Savoie.
Les Pères de la Grande Chartreuse.
Les Savoyards de Genève.

Le Cercle Choral de Chambéry.
La Société Philanthropique Savoisienne de Paris.
La Musique Municipale d'Annecy.
Les Actionnaires des galeries du Fier.
Le Cercle de la Place Notre-Dame, d'Annecy.

MÉDAILLES DE VERMEIL GRAND MODULE.

Les Allobroges de Paris.
La Société Chorale d'Annecy.
    Id.   Id.
M. Ruscon, courtier au Hâvre.
M. Laperrousaz Christin, négociant.
M. Jarret Gervais, à la Puyat.
La Pension Gruffaz, d'Annecy.
    Id.   Id.
La Pension Juge, d'Annecy.
M. Agnellet, à Paris.
M. Bianco, président honoraire de la Musique Municip.
L'Imprimerie Dépollier et Cie.
Mme Louis Revon.
M. Mockers, professeur de musique.
Le Cercle du Commerce.
M. Rouquier, commandant le recrutement.
M. Tissot, notaire.
M. Tissot, ingénieur.
M. Des Garets, caissier à la Banque de France.
M. Depraz Joseph, comptable à la Banque de France.
M. Simon Charles, employé à la Préfecture.
Les Sapeurs-Pompiers d'Annecy.
Les Savoyards de Lyon.
    Id.   Id.   Id.
Les Employés des Ponts et Chaussées.
        Id.   Id.   Id.
M. Anselme Pétetin, direct. de l'imprimerie impériale.
M. Allmer, chef de bureau à la Préfecture.
M. Duparc, notaire.
Les Savoyards de Lyon.

MÉDAILLES DE VERMEIL PETIT MODULE.

M. Gentil, professeur de musique.
Mme Laperrousaz.

MÉDAILLES D'ARGENT GRAND MODULE.

M. Ruscon, courtier au Hàvre.
Le Cercle du Commerce.
M. Rey, fabricant d'eaux minérales.
Les Sapeurs-Pompiers d'Annecy.
Les Savoyards de Lyon.
M. Brissac, membre honoraire de la Société Chorale.
M. Chaumontel, adjoint, président du Comité du Concours.
    Id.   Id.
Un anonyme.

MÉDAILLES D'ARGENT PETIT MODULE.

S. M. l'Impératrice.
    Id.   Id.
S. A. le Prince Impérial.
M. Saxod fils, ex-président de la Musique Municipale.
M. Prost, employé des Ponts et Chaussées.
Les Employés de l'octroi.
    Id.   Id.
    Id.   Id.
Les Négociants de Sainte-Claire.
    Id.   Id.
    Id.   Id.
    Id.   Id.
M. Pitarch, professeur de musique.

LISTES

DES SOUSCRIPTIONS

Liste n° 1. — Faubourg de Bœuf et la Banlieue.

COMMISSAIRES DE QUÊTE:

Emmanuel d'Orlyé; Charles Thomasset; Louis Pichollet;
Duparc Claude-Marie, médecin.

	Fr.	C.		Fr.	C.
MM. Lionnet P.	30		MM. Denariez	0	50
Tissot Joseph	3		Berger sœurs	1	50
Saillet Alexandre	5		Replat E.	10	
Gruffaz Pierre	60		Moret J.	10	
Groton G.	5		Portaz	10	
Mermillod	5		Cotonne	0	50
Hérisson, curé	5		Deschamps	2	
Mauris	5		Clopet P.	2	
Avet Jacques	1		Trolliet	1	
Carnot, ingénieur	10		Gragnier	0	50
Menoud Philippe	5		Richard	2	
Crozier Jean-M.	1	50	Lavigne	0	50
Longet Victor	10		De Breteuil	2	
Mieusset Joséphine	0	60	Lombard	0	50
Monpellaz F.	0	50	Guichet	20	
Martin Pierre	5		Mouthon Franç.	5	
Coppier-Nanche	2		Dagand Joseph	2	
Chamay-Deservettaz	1		Encrenaz Franç.	1	

	Fr.	C.		Fr.	C.
MM. Auclair Emile.	1		MM. Eminet fils.	5	
Granchamp C.	25		Déplan Jean.	2	
Bardet	2		Triultzi.	5	
Petit Jean	1		Vᵉ Feuillat.	2	
Borel	2		Lerou C.	5	
Maillet	1		Favre Joseph.	10	
Calligé Jean.	1		Chappaz Jacques.	6	
Excoffier Maur.	5		Daniel François.	5	
Mandallaz P.	0	50	Morel Baptistin.	2	
Lansard Antoine	7		Favre Pierre.	5	
Coster Claude	1		Mathieu anc. not.	20	
Déruaz Pierre	10		Grivaz, notaire.	10	
Sounis Auguste	30		Vᵉ Dusonchet.	5	
Vindret Félix	5		Mᵐᵉ Béraud.	10	
Salomon Joseph	2		Marro Claude.	1	
Coppier Joseph.	1		Castelland.	2	
Richard.	0	50	Déchosal Félix.	10	
Colonel du 21ᵐᵉ	20		Aluit.	1	
Peccoud J.-J.	2		Truffet.	5	
Vᵉ Belleville.	4		Martin P.	2	
Semonin.	1		Anonyme.	1	
Détraz.	1		Id.	1	
Merle.	1		Id.	1	
Rémy.	5		Id.	1	
Chevallier.	1		Id.	1	
Vᵉ Mouthon.	3		Dérobert Aug.	1	
Anonyme.	1		Anonyme.	1	
Ritz frères.	5		Montant.	5	
Kieffer.	5		Robert Antoine.	5	
Bérard Louise.	1	50	Thomasset J.	10	
Bérard Antonie.	1	50	Rocque J.	5	
Pissard François.	5		Ferrier Auguste.	2	
Duret Jean.	1		Beauquis.	5	
Pacthod Franç.	5		Bachet Pétrus.	50	
Lamouille Euch.	2		Treche.	5	
Lavorel Gasp.	1		Veuilland.	20	
Blanc Pierre.	1				

Liste n° 2.— Avenue du Pâquier, rue du Pâquier, rue Royale, rue des Boucheries, rue Saint-Joseph, Avenue de Chambéry.

COMMISSAIRES DE QUÊTE :

MM. Salomon Jacques, Dégravel Alexandre, Favre Charles, Chappelet Félix.

MM.	Fr.	C.	MM.	Fr.	C.
Vte de Gauville	100		Charvin Félix	25	
Germain Félix	100		Perravex Jérôme	25	
De Fésigny C.	100		Delom Augustin	25	
Bétrix et Cie.	100		Cottin François	25	
Caisse d'Escomp^{te}	100		Allard-Perret	25	
Agnellet	100		Dubois Du Tilleul	20	
Pissard Hip.	100		Robert-Gurret	20	
Martini	110		Crettet	20	
Verdun Eugène	100		Beauquis Henri	20	
Gruffaz Fabien	100		Dossat	20	
Maillet	100		Despines A.	20	
Bianco Alfred	65		Tochon	20	
Goddet Franç.	60		Calloud Louis	20	
Chaumontel L.	60		Boccon Antoine	20	
Buttin Eugène	50		Ruphy Gustave	20	
Levet A.	50		Ve Dunoyer	20	
Déléan Henri	50		Lachenal A.	15	
Simon Prosper	50		Paget Jean-M.	15	
Salomon Claude	50		Selva Ignace	15	
Dégravel Alex.	50		Bublens Etienne	15	
Chanron	50		Veuillet	10	
Bally Christophe	40		Rassat Pierre	10	
Terrier Claude	40		Eminet Charles	10	
Bouvcrat Franç.	40		Dégravel Joseph	10	
Dégravel Victor	40		Dunoyer Etienne	10	
Ruphy Camile	40		Dunoyer Louis	10	
Baron Falquet	50		Ve Laffin-Burlaz	10	
Raisin	25		Ve Blanchet	10	

	Fr.	C.		Fr.	C.
MM. Ve Florin	10		MM. Ve Rassat	5	
Decoux	10		Gens	5	
Bétrix Jules	10		Chaumontel, caf.	5	
Excoffier Franç.	10		Ve Duchable	5	
Domenjoud E.	10		Blain Marie	5	
Dangon Georges	10		Coster Michel	5	
Déronzier sœurs	10		Agostinetti A.	5	
Dangon Jean	10		Moumont, direct.	5	
Menoud Jacques	10		Deschamps, avocat	5	
Gurret François	10		Brunswick	5	
Duret Eugène	10		Frezet	5	
Ve Sulpice	10		Faletti, entrep.	5	
Neyret Constant	10		Buttet, chanoine	5	
Cabaud Paul	10		Ducis, abbé	5	
Roupioz	10		Bétrix Antonie	5	
Périssoud M.	10		Calligé, avocat	5	
Barral fils	10		Bozia Claudius	5	
Folliet J.	10		Bonnet, institutrice	5	
Ve Béard	10		Toussaint-Rey	5	
Grivaz, avocat	10		Choquet	5	
Grivod et Hérisson	10		Baud, chanoine	5	
Gaillard	10		David-Chabanne	5	
Vagnoux	6		Gibelli	5	
Silvieude	5		Simon Jean	5	
Frachat Louis	5		Dusonchet Jean	5	
Ramboud	5		Pignarre	5	
Couturier Franç.	5		Cléry	5	
Coppier D.	5		L'Aumonier de la V.	5	
Fontaine Georges	5		Terra	5	
Vercher Franç.	5		Bermont	5	
Fontanel Félix	5		Jassemin	3	
Vacher	5		Belly	3	
Démolis	5		Tournafol	3	
Bastenaire	5		Lamouille sœurs	3	
Guillot Maurice	5		Salomon, sellier	2	50
Bocquet	5		Quinquat	2	
Mugnier	5		Crochart	2	
Byse Georges	5		Fontaine, modiste	2	

	Fr.	C.		Fr.	C.
MM. Bozia père	2		MM. Jouvenon	1	
Bouvier Louis	2		Vidonne	1	
Grivod Jean-A.	2		Dupont Louis	1	
Terrier	2		Naussac	1	
Maniglier Georges	2		Moulin	1	
Bussière	2		Pichollet-Vautraver	1	
Lacombe Pierre	2		Anonyme	1	
Bonnet	2		Levron Aîné	1	
Ruffier Hélène	2		Pedrini C.	1	
Brachet Maurice	2		Laffin Laurent	1	
Charrière	2		Racle	1	
Jacquemin	2		Charmet Bernard	0	50
Héritier	2		Anonyme	0	50
Revil Antoine	1		Communal	0	50

Liste nᵒ 3. — Rue Notre-Dame, rue Filaterie, rue du Collége.

COMMISSAIRES DE QUÊTE :

MM. Boch Louis, Serand Eloi, Bonnet François, Rollier Joseph.

MM. Brunier C.	20	MM. Raymond	10
Machard Félix	20	Tournier Louis	2
Maniglier J.	10	Fournier et Cⁱᵉ	10
L. B.	2	Anonyme	2
Rollier	10	Lachenal Marie	3
Girod Claude	2	Vᵉ Excoffier	5
Buffet Cyrile	5	Vᵉ Tissot	50
Berger François	10	D. C.	3
Henry	20	Thabuis	10
Cochet	2	Anonyme	5
Guillermin	5	Dondeville Joseph	15
Barthelémy	5	Nicollin	2

	Fr.	C.		Fr.	C.
MM. Fournier P.	4		MM. Varet Charles	10	
Fontaine	10		Geoffray Louis	5	
Métral	1		Richard Félicité	5	
Burnod J.	5		Montpellaz F.	3	
Daubas Claude	5		Dupanloup-N.	2	
Anonyme	0	50	Anonyme	2	
Barut Joseph	3		Puget P.	10	
N.	10		Frossard	10	
Bosson Vincent	8		Ardain	3	
Maffi Alexandre	10		Sève Claude	5	
Abry	5		Thiabaud	3	
Gillardi père	2		Charvillon, chan.	3	
Garçin	1		Marchand	20	
Maro	1		Ariotti Nicolas	2	
Imberty	10		Callies, méd.	10	
Mugnier	10		Navillod, curé	10	
Mollier	1		Dusonchet	20	
Café du Tunel	0	50	Borget Gaspard	15	
Quétant J.	10		Boch	20	
Mieusset Henri	5		Balleydier F.	20	
Lettraz François	2		Bernaz Louis	10	
Gavard, chanoine	5		Bonnet Marie	10	
Dussaix J.	5		Moret Joseph	5	
Dupraz	5		Villien	5	
Anonyme	1				

Liste n° 4. — Quai du Haras, Place de l'Hôtel-de-Ville, rue Saint-Maurice, rue Grenette, Place Saint-François, Quai de la Halle.

COMMISSAIRES DE QUÊTE :

MM. Grenouille Lucien, Philippe Jacques, Burdet Charles,
Pételin Joseph.

MM.	Fr. C.	MM.	F. C.
De Rochette		Vᵉ Calligé	10
et Blanchet	100	Béguin.	10
Bousquet-Favre	100	Saint-Clair	10
Mgr Magnin	40	Vᵉ Fontaine	10
Carron	40	De Chavigné	10
Vᵉ Chamay	40	De Morande	10
Dondeville	25	De Viry	10
Pételin	25	Sautier fils	10
Favre Maurice	25	Monnet	10
Duparc Pierre	20	Veulliot	10
Séligman	20	Riotton	10
Tissot, notaire	20	Moret, méd.	10
Gaillard Fabien	20	De Baucalci	10
Bardet Frédéric	20	Richard, greffier	10
Las Vignes	20	Mermier, curé	8
Juge Guillaume	20	Cottard, rentière	8
Martin	20	Margueret M.	6
Chiron Claude	20	Gilardi frères	6
Quétand, rentière	20	Rey	6
Laperrousaz J.	20	Burdet Charles	5
Boccanier J.	15	Tissot, chan.	5
Cottin E.	15	Poncet chan.	5
Challamel	10	Ruscon fils	5
Debacq	10	Vᵉ Lachenal	5
Anselmi	10	Salomon Etienne	5
Lamouille, chan.	10	Dufresne	5

	Fr.	C.		Fr.	C.
MM. Coutin	5		MM. Suize, choriste	2	
Gentil fils	5		Laffin, choriste	2	
Lheureux	5		Maniglier F.	2	
Anonyme	5		Anonyme	2	
Rime	5		Piquet	2	
Voisin Jean	5		Cabanes	2	
Barrataz Jean	5		Coutin J. M.	2	
Pettelat	5		Neyroud	2	
Bloum	5		Littoz	2	
Raphoz Constant	5		Perroud François	2	
Curtet F.	5		Desbornes, vicaire	2	
Anonyme	5		Conti	2	
Mugnier, avocat	5		Goguel	2	
Masset, rentière	5		Viannay, vicaire	2	
Bally, rentière	5		Encrenaz	2	
Barrataz, lingère	5		Anonyme	2	
Rouge Antoine	5		Gilardi François	1	50
Anonyme	5		Anonyme	1	50
Anonyme	5		Gilardi Fréd.	1	50
Nicolley	5		Martinod	1	25
Bonald	5		Anonyme	1	
Balleydier	5		Anonyme	1	
Lachenal, rentière	5		Maniglier A.	1	
Arminjon, avocat	4		Anonyme	1	
Degeorges	3		Bauquis	1	
Amoudruz J.-M.	3		Anonyme	1	
Decoux	5		Vᵉ Julliard	1	
Rauth Antoine	2	50	Excoffier	1	
Cartier Ernest	2	50	Anonyme	0	80
Saxod père	2	50	Berthet	0	80
Blanc, rentière	2		Anonyme	0	50
Corrajod, abbé	2		Vᵉ Delétraz	0	50
Brasier, abbé	2		Saint-Pé	0	50
Ruffin, chanoine	2				

Liste n° 5. — Les Marquisats, rue de la Providence, Place au Bois, Quai de la Halle, rue des Annonciades, faubourg des Annonciades, rue Perrière, Rampe du Château, rue de l'Isle.

COMMISSAIRES DE QUÊTE :

MM. Bergier Jules, Zanada Marie, Favre Charles, Ruphy Ernest.

	Fr.	C.		Fr.	C.
MM. Lachenal.	10		MM. Daydé	5	
Poncet	20		Gurcel J.	1	
Lugné	200		Calligé P.	5	
Ansaldi	10		Besson-Meriguet	5	
Pestel	10		Gardet Jean	10	
Galcon	5		Coutin	5	
Joly	5		Vollat J.	5	
Dégerine	10		Fillion Eugène	15	
Thésioz Louis	20		Anonyme	5	
Baron Hamelin	20		Dunand E.	5	
Buttin Jules	10		Les Pères mission.	25	
Bergier Alp.	10		L'Aumônier S.-J.	2	
Armingon	20		Vaullet	5	
Marion	10		Thonion	15	
Dunant Prosper	20		Sœurs de S.-J.	5	
Mars	5		Crux François	3	
Anonyme	5		Rime Janin	20	
Dunant Camille	60		Durand	10	
Ruscon C.	64		Mugnier A.	5	
Curtelin Laurent	40		Ruffy Jean	2	
Ruscon F.	20		Pollier	1	
Bernard J.	20		Charvet Franceline	1	
Frey Georges	50		Excoffier Fanchette	1	
Ribatto F.	10		Doche Antoine	1	

	Fr.	C.		Fr.	C.
MM. Millet	3		MM. Berthet	5	
Salomon Fse.	1	50	Cottet	2	
Ailloud	0	50	Cte de Menthon	50	
Robert R.	100		Lacombe Joseph	10	
Replumaz, chan.	5		De Certeaux	10	
Grosset, chan.	5		Salomon F.	5	
Chevalier, abbé	5		Cte de Villette	50	
Ve Dunand	80		Le Moine	20	
Tavernier	5		Ruscon F.-M.	10	
Paccard Pierre	25		Zanada J.-M.	25	

Liste n° 6. — Rue Sainte-Claire, Côte Saint-Maurice, faubourg Sainte-Claire, rue Saint-Joseph, faubourg du Sépulcre, faubourg des Balmettes.

COMMISSAIRES DE QUÊTE :

MM. Voisin Emmanuel, Bozetto Joseph, Brunier Félix, Tournier Jean, Bouchet Pierre.

MM. Lœuffer Jean	100	MM. Duparc L.	5
De la Bonnelière	20	Robert Louis	6
Masson J.	20	Péron Joseph	10
De la Charrière	10	Ve Orsier	4
Brunier Amédée	10	Terrier P.	6
Brunier Victor	20	Hertz Joseph	5
Mlles Brunier	15	Voisin E.	10
Gouville	5	Bozetto J.	5
Duparc, avocat	20	Tournier J.	5
Bétrix Emile	5	Bouchet	5
Terrier Jacques	5	Pissard A.-F.	5
Philippe Jules	20	Duverney G.	3
Burdallet	7	Baud Paul-Marie	10
Ruscon F.-M.	5	Busset	3

	Fr.	C.		Fr.	C.
MM. Burdallet F.	5		MM. Lambert Célestin	2	
Messy Jean	3		Attiger Jacob	5	
Burdallet Caroline	4		Domenget F.	1	
Froissard C.	5		Jud Boniface	2	
Empl. de Ste-Claire	5		Ve Dermy	2	
Dangon F.	5		Saffrey	2	
Lachenal F.	1		Falquet-Gardet	10	
Tessier F.	2		Perramont Michel	2	
Ve Thésio	5		Wick	2	
Falconnet J.	0	50	Bublens Fanny	5	
Vergain G.	0	50	Lyard Claude	2	
Dunand frères	20		Terrier François	5	
Giguet Henri	5		Lansard Jean	3	
Anonyme	2		Ve Maggi	5	
Fayol Henri	2		Brunier Joseph	2	
Favre Jean	2		De St-Poncy fils	5	
Barrucand Jean	2		Crochon	5	
Molairon	1		Montmasson J.	5	
Davoine Jean-L.	1		Læuffer Frédéric	100	
Desrippe J.-F.	1		L'imp. Burdet	5	
Revil	2		Boîte à vapeur	1	50
Laydernier Claude	5		Liou Louis	2	
Ve Marquet	2	50	Miquet	2	50
Vitali Jean	5		Anonyme	2	
Provenat	5		Anonyme	1	
Grivod Jacques	5		Tripp Victor	2	
Ve Grivod	3		Ve Bernard	1	
Gruffat	2		Just, marbrier	2	
Goddet	2		Viollier André	1	50
Ve Venturino	3		Cottin dit Bacchus	5	
Paccoret Marie	2		Beauquis	0	20
Dégeorge Pierre	5		Salomon Jean	1	
Déronzier	2		Paris Marie	1	
Dépollier F.	1		Beauquis Maurice	1	
Vautravers	2		Pegaz	0	50
Ve Guy	5		Mlle Cottet	1	
Viollet Jean-Pierre	2		Pallud Antoine	1	
Cottet Louis	5		Ve Grabet	0	50

	Fr.	C.		Fr.	C.
MM. Raphin Claude	0	50	MM. Morel-Frédel	5	
Hermès sœurs	0	40	Vuillermet J.	3	
Anonyme	0	50	Grandis J.-V.	5	
Richard Claude	0	50	Vergus frères	1	
Dumurgier Jules	0	50	Bocquet Jean	5	
Vᵉ Grivod mère	1		Brunier Félix	25	
Long	1		Sᵗ-Clair Duport	20	
Fruaulf Gaspard	1		Emp. de M. Roupioz	1	
Jalicon Michel	1		Du Rouvenoz J.	2	
Rassat Joseph	1		Girod Samuel	10	
Magnin Pierre	2		Point	1	
Niérat p. V. S. M.	30		Aubéry	1	
Dompmartin	10		Buttin, notaire	5	
Callies Victor	20		Maillet, professeur	5	
Cottet Claude-M.	5				

Liste n° 7. — Cran.

COMMISSAIRE DE QUÊTE.

M. Dupassieux Amb.

MM. Aussedat J.-M.	50	MM. Crollard E.	20
Revil Théophile	15	Girod François	5
Loin Léonce	10	Cabal J.	5
Beauquis J.	5	Dupassieux	20

SOUSCRIPTION DES SAVOYARDS DE GENÈVE

420 fr. 90 cent. y compris la médaille et la coupe.

SOUSCRIPTION DE PARIS

1" Liste. — Recueillie par M. Chatenoud. (1)

	Fr.	C.		Fr.	C.
MM. Baron d'Ivoire	100		MM. Veillard	5	
Mollard, général	40		Cullet	5	
Quétand fils	10				

2ᵐᵉ Liste. — Recueillie par M. Lachenal.

	Fr.	C.		Fr.	C.
MM. Agnellet P.	5		MM. Josserme A.	1	
Belleville	5		Josserme F.	1	
Naussac	2		Jouvenon A.	1	
Bérard André	2		Déruaz F.	3	
Pignarre	5		Jaccoud M.	2	
Bouverat Amédée	2		Grandchamp D.	2	
Lachat Claude	5		Pegat Jean	1	
Favre Joseph	0	50	Auclair Henri	1	
Lachenal Jean	5		Peyron, facteur	1	
Tissot	1		Levron Gaspard	1	
Blanc François	5		Bozia Maurice	1	
Blanc Paul	2		Gay	0	50
Favre Louis	5		Vidonne Joseph	1	
Domenge-Abeau J.	1		Lachat François	1	50
Coppier François	1		Lachat Marie	1	50
Druge François	1		Picard Ernest	5	
L. L.	2		Anonyme	1	
Levron François	5		Dalloz	5	
Domenjoud Joseph	1		Gachet	1	
Chevalier Claudius	0	50	Marmonier	5	
Dagand André	1				

(1) M. Chatenoud a en outre fait don à la Société Chorale d'Annecy d'une très-belle médaille de vermeil en témoignage de reconnaissance de son initiative et de son dévouement pour le Concours.

3ᵐᵉ Liste. — Recueillie par M. Bérard.

	Fr.	C.		Fr.	C.
MM. Bérard	3		MM. Pujat	0	50
Une Annécienne	1		Mollier	2	
Briffoz, parfumeur	2		Muffat	5	
Richard	1		Métral	3	
Pachout	1		Boëx	5	
Get	1		Velaz fils	1	
Get fils	0	50	Rosnoblet	1	
Richon	1		Ruffier	0	50
Anonyme	1		Dunand	2	
Delaglière	1		Velat Antoine	0	50
Bernard Emile	0	50	Chapellaud	1	

SOUSCRIPTION DE LYON

Recueillie par MM. Voisin J.-A. et Collomb Alexis.

MM. Voisin J.-A.	5	MM. Dunnet	10	
Collomb Alexis	5	Chappet L.	5	
Dunoyer Léon	5	Sullice et J. Favre	5	
Un Savoyard	5	Botholier Célestin	1	50
Morand	10	Viard Ambroise	20	
Chauvet	10	Moënne	5	
Neyret	10	Nodui	5	
Girod	10	Thiabaud	10	
Gaçon	5	Héritier	5	
Dérisoud	5	Claret	5	
Gandolphe	5	Favre L.	20	
Rassat	5	Beranger	2	
Naville	10	Gellier	5	
Maulet	5	Nachouz	5	
Comte de Sᵗ-Bon	5	Trois corroyeurs	6	
Maz Grassis	20	Gardet François	5	
Matrod	5			

APPRÉCIATIONS DES JURYS

ET

ÉTAT DES RÉCOMPENSES

———

CONCOURS DE LECTURE A PREMIÈRE VUE

ORPHÉONS

SALLE DU THÉATRE, A 8 HEURES DU MATIN

JURY. — MM. Laurent de Rillé, président, Saintis, Figelli, Martinet, Mockers.

1re DIVISION.

Au moment où nous mettons sous presse nous n'avons pas encore reçu les appréciations du Jury de cette section. Voir à la fin du volume.

1er Prix *ex œquo* : médaille d'or, grand module. *Cercle choral Lyonnais.*
      Coupe en argent. *Les Allobroges de Paris.*
2me Prix : médaille de vermeil, grand module. *Cercle choral de Vénissieux.*
3me Prix : médaille de vermeil, grand module. *Union chorale de Lyon.*

JURY. — MM. Besozzi, président, Monestier, Mathieu de Monter, Landi, Pitarch.

2ᵐᵉ DIVISION.

Orphéon de Grenoble, directeur, M. DUPREY. Quarante-huit exécutants. — Début un peu timide. Mesure 4, les basses indiquent mal la mélodie. Mesures 6 et 7, les piqués ne sont pas bien observés. Mesures 18 et suivantes, le passage chantant très-bien dit, avec le sentiment très-juste, beaucoup de grâce et de légèreté. Mesure 49, la syncope un peu écourtée. Mesures 52 et suivantes, on se laisse troubler par les casse-cou qui terminent le solfège. En somme, très-bien, très-franc, bon mouvement; on sent une direction très-intelligente.

Cercle choral de Chambéry, directeur, M. TRINCAZ. Cinquante-cinq exécutants. — Attaque très-timide. Mouvement trop lent. Mesure 14, les basses n'attaquent pas à temps. Mesures 16 et 17, très-bien. Mesure 20, *do* naturel chanté presque *dièze*. Mesure 25, basses très-faibles. Un peu de déroute à la fin. Nous recommandons à M. le Directeur de cette société de surveiller ses basses qui chantent très-mollement. Malgré les critiques que nous avons eu à faire à cette société, nous reconnaissons qu'il y a des qualités qui se sont révélées dans quelques passages très-bien dits.

L'Alliance lyrique de Lyon, directeur M. GLOTON. Trente-cinq exécutants. — Attaque faible, pas juste. Mesure 12, *la* trop haut, presque *dièze*. Un moment de déroute, mais on se remet. Mesure 25, les basses pas justes; mesure 26, *idem*. Que cette société veille à la justesse; lorsqu'il y a des intervalles ascendants la note supérieure est presque toujours un peu basse. Aux casse-cou de la fin, il y a une mesure bien faite qui avait été manquée par les deux sociétés précédentes.

La Grégorienne de Carouge, directeur M. Berthier. Vingt-deux exécutants. — Cette société a besoin de beaucoup travailler la lecture ; elle s'est intimidée, et a très-souvent laissé à désirer par la justesse, la fin a été complètement manquée.

La Cécilienne de Genève, directeur M. Bergalonne. Trente exécutants. — Mouvement beaucoup trop lent. Mesure 7, *do* des ténors, faux. Les mesures 18 et suivantes, bien chantées, mais toujours trop lentement. Mesure 20, le *do* marqué *naturel* a été fait *dièze*. Mesure 25, les basses indécises. Mesure 26, on traîne. Mesure 28, à la modulation en *la mineur*, les basses ne chantent pas juste. Mesure 57, le *saut de quarte* mal fait par les ténors. Mesure 51 et suivantes, très-faibles. Cette société a chanté beaucoup trop lentement, mais l'émission des voix est bonne, il y a beaucoup de tenue, du style ; enfin on sent la direction d'un excellent musicien qui, sachant que la société n'est pas à beaucoup près au même degré pour la lecture que pour l'exécution, a fait acte de prudence en prenant le mouvement très-au-dessous de ce qu'il est marqué.

Nous regrettons que les membres de cette société qui, aux concours d'exécution et d'excellence, se sont présentés au nombre de quarante-neuf, n'aient été que trente au concours de lecture.

Besozzi.

1er Prix : médaille d'or, petit module. *Orphéon de Grenoble*.
2me Prix *ex æquo : Alliance lyrique de Lyon*.
Cécilienne de Genève.
3me Prix : *Cercle choral de Chambéry*.

CONCOURS D'EXCELLENCE

Jury. — MM. Jules Monestier, président, Besozzi, Saintis, Landi, Figelli, Pitarch, Ritz, Mockers, Martinet, Poncet, Caron, Cléry, Mathieu de Monter, secrétaire.

1re DIVISION.

Chœur imposé : *Les Chanteurs Florentins*, musique de J. Monestier, paroles de Mathieu de Monter.

Cécilienne de Genève. Directeur M. **Bergalonne**. Quarante-cinq exécutants sur cinquante-un inscrits. — Les mouvements ont été en général pris trop lents ; ils sont cependant indiqués au métronome. Les anciennes sociétés ont une propension à ralentir, comme les nouvelles à précipiter la mesure : il faut y veiller. Au bébut, les ténors donnaient la voix trop en dehors, sans l'appuyer. Le *la* de la mesure 59 un peu crié ; le *la bémol* de la mesure 115, crié de même. Mesure 176, les seconds ténors ont proposé un *ré bémol* d'un charmant effet sans doute, mais l'auteur a la faiblesse de tenir au *do naturel* de sa partition. De la mesure 129 à 131, plus d'accentuation ne nuirait pas. *En vivant, en chantant*, demanderait moins de sécheresse. La *Cécilienne* pèche un peu sous le rapport de la couleur, mais elle possède la grâce et le charme. Son assurance est grande ; ses parties s'équilibrent solidement ; le tout repose sur des études suivies, sérieuses, sur une direction hors ligne. Ces qualités *essentiellement chorales* méritaient à plus d'un titre la haute récompense remportée par cette société, à la majorité des voix toutefois.

Union chorale de Lyon. Directeur, M. JANSENNE. Trente-cinq exécutants. — A l'attaque du chœur imposé, les *Chanteurs florentins,* le Jury (plusieurs de ses membres avaient déjà vu à l'œuvre cette société) s'est aperçu qu'elle ne se *possédait* pas complètement ; qu'elle n'avait pas, en entrant en lice, les bonnes dispositions qui résultent de certaines précautions et l'assurance que donnent des études normales. Les voix se ressentaient évidemment de la double fatigue de la veille et du voyage : lorsque l'on occupe dans l'Orphéon français le rang de l'*Union chorale lyonnaise* et que l'on a une grosse partie à jouer, ne pourrait-on pas s'arranger en sorte qu'au moins les meilleures voix de la société se trouvent reposées, rafraîchies par quelques heures de sommeil? Les grandes sociétés du Nord en comprennent toute l'importance. Le début : *Nous ne chantons pas, nous,* a été pris trop vite ; cette irrégularité, cette indécision dans les mouvements s'est fait remarquer du commencement à la fin du chœur, qui, évidemment n'avait pas été assez travaillé au métronome.

Une société aussi intelligente, aussi *désireuse d'expression,* aussi artistiquement dirigée, devait cependant bien sentir que les mouvements adoptés par elle, en dehors de ceux indiqués à la partition, n'étaient pas les bons, puisqu'ils la gênaient dans son interprétation même. La partie de basse de la mesure 10 ne portait pas ; à la mesure 38, les seconds ténors ne chantaient certainement pas la leur : les *lied* des mesures 41-46 arrivaient confus à l'oreille. Le *maestoso* était chanté suivant une mesure trop lente : il n'avait plus ce caractère concentré, impatient, qui prépare l'explosion : *en vivant, en chantant.*

Trop lent encore, trop caressé l'*andante.* Nous ne sommes pas à Naples, avec des lazzarone paresseux, mais à Florence, dans la ville des labeurs intellectuels, artistiques, industriels, guerriers, avec les fils des vieux Prieurs de la Liberté, qui chantent leur patrie noblement, fièrement, sans langueurs prétentieuses, sans mollesse ni affectation.

Mesure 78 : *pizzicati* faux. L'*andantino* : *C'était un florentin*, se traînait lourdement, péniblement. Pas la moindre justesse à la mesure 143. Bien douteuse pour ne pas dire plus, la rentrée : *Florence chérie*. A partir de ce moment, l'ensemble qui ne parvenait pas, cela était visible, à s'isoler des bruits et des fanfares du dehors, a perdu de son assiette, de son homogénéité ; les voix et le courage faiblissaient sensiblement.

La *coda*, énergiquement relevée par le directeur, a eu, cependant, de la chaleur et de la conviction. En résumé, l'*Union chorale* a pu affirmer dans cette exécution ses qualités maîtresses : articulation nette, prononciation pure, bonne émission de la voix, recherche du style et de l'exécution.

Cette dernière préoccupation l'entraîne parfois trop loin et donne à son début quelque chose de théâtral, comme tout ce qui n'est pas dans son milieu véritable.

Elle a, en outre, une propension constante à amollir les phrases par le ralentissement, à adoucir les angles par le *pianissimo*, à fondre l'ensemble et à effacer les contrastes. C'est dans un tel sentiment et de cette manière que les *Chanteurs florentins* ont été dits par elle. Que cette société s'efforce maintenant d'acquérir ce qui lui manque. A la douceur, à la grâce, au charme, qu'elle ajoute la puissance et l'éclat, sans se départir d'une *indispensable simplicité virile*. Le vrai talent, et l'*Union chorale* de Lyon en a beaucoup, n'a jamais à se repentir des travaux et des difficultés qu'il s'impose.

Du procès-verbal des délibérations du Jury d'excellence, dont le double est entre mes mains, il résulte que, sur treize voix, deux voix ont été données à l'*Union chorale de Lyon*.

Cercle choral Lyonnais. Directeur, M. CHAMBON. Trente-huit exécutants en ligne sur quarante-cinq inscrits. —Le début manquait d'assiette ; les voix étaient trop sombrées et attaquaient en dessous. Mesure 15 trop vite. Tout le passage : *dans les siècles tracés.....* rendu avec habileté, bien fondu, bien cantabile. Le *crescendo* : *en vivant, en chantant*, était trop heurté, trop rapide au

début. Mesures 78 et 79, le *rallentando* s'est bien déployé.
L'*andante : Florence chérie* était dans un meilleur mouvement que ceux des autres sociétés. Le *maestoso : Après
tant de sombres années.....* a eu sa valeur ; il était homogène et plein. Mesures 141 et 145, trop de brusquerie.
La fin du chœur traînait ; on ne retrouvait plus là l'entrain,
la chaleur communicative, le brillant auxquels a habitué
cette société. Elle a bien des mérites, et en première
ligne l'activité qui assure sa prospérité toujours croissante.
Qu'elle reste fidèle à ses traditions, à ses habitudes ;
qu'elle ne se laisse pas influencer — le mal est contagieux
— par les tics de certain orphéon rival !

Harmonie Lyonnaise. Directeur, M. Laussel. Vingt-huit exécutants en ligne sur trente-cinq inscrits. — Cette
société est celle qui a le mieux compris le caractère du
chœur imposé : *Les Chanteurs Florentins*, et le mieux
exprimé le sentiment de cette œuvre à la coupe si originale et si mélodique. La sûreté d'attaque, le fini des détails
et l'agencement des parties apportés à son exécution
rappelaient le faire des bonnes sociétés allemandes.
Mesure 104, *c'était un florentin*, le passage d'une musique d'harmonie, jouant bruyamment au dehors, a dérouté la justesse. Le Jury déplore ce fâcheux accident
sans lequel, et bien de l'avis unanime de ses membres,
le premier prix eût été acquis à *l'Harmonie Lyonnaise.*
Comme compensation, un second prix (médaille d'or) lui
a été décerné.

Mesure 42, le *si* des ténors a sonné douteux. Le
rallentando (mesure 169, quatrième temps) bien trouvé.
Les *pizzicati* de la barcarolle ont été des mieux réussis.
Ils arrivaient bien à l'oreille avec la sonorité des instruments à cordes. Tous les mouvements bien pris. L'ensemble de l'exécution a paru magistral.

Pour le Jury,

Le Secrétaire, MATHIEU de MONTER.

Ont signé au procès-verbal : MM. Jules Monestier,

président, Besozzi, Saintis, Landi, Figelli, Pitarch, Ritz, Mockers, Martinet, Poncet, Carron, Cléry.

1er Prix : couronne de vermeil. *La Cécilienne de Genève.*
2me Prix : médaille d'or. *Harmonie Lyonnaise.*

Les membres du Jury considèrent comme un devoir de transmettre publiquement l'expression de leur satisfaction et de leur gratitude à la Commission d'organisation du Concours d'Annecy et à son honorable président.

Cette solennité musicale a tenu au-delà de ses promesses; son souvenir vivra et fécondera en Savoie le mouvement d'expansion de la musique populaire. Le Jury adresse tous ses compliments à M. Chaumontel, président de la Commission, à M. le président Terrier et au directeur de l'orphéon d'Annecy, M. Niérat, qui ont fait respecter par leur attitude ferme et digne les décisions prises; à MM. Robert, l'habile secrétaire, Bergier, Jules Philippe, Gentil, directeur de la musique municipale, et à tous les Commissaires, si obligeants, si courtois, dont le nom nous échappe, mais dont le souvenir restera gravé dans notre mémoire. Nous n'oublierons jamais en effet l'hospitalité que nous avons reçue de la belle et poétique cité d'Annecy et de ses aimables habitants.

Au nom du Jury,

Le Président, J. MONESTIER.

CONCOURS D'EXÉCUTION

Jury. — MM. Saintis, président, Monestier, Mockers, Ritz.

3ᵐᵉ DIVISION. 1ʳᵉ *Section.*

Chœur imposé : *Tableaux champêtres,* musique de M. Ritz.

Chorale Ste-Cécile de Genève. Directeur, M. Argand.
— Le début du chœur imposé un peu vite, page 3, *aux champs*, a été dit mollement. L'*allegretto*, *Rentrons la moisson*, n'était pas assez rythmé. La page 8 a manqué de chaleur et de rythme. Plusieurs passages du chœur de choix, *la Bienfaisance*, étaient faux. Page 3, sur le mot *si*, le sol n'a pas été fait et la suite a été douteuse d'intonnation jusqu'à *nous t'implorons*. La société, dans ce dernier chœur, a baissé considérablement.

Appliquez-vous à tenir également et à filer des sons sans dévier de la justesse. Faites cet exercice au moyen d'un orgue ou piano et votre exécution deviendra meilleure.

Les Montagnards de l'Isère. Directeur, M. Favier. — Le chœur imposé n'a pas été heureusement dit. Nous reprochons surtout à cette société de la rudesse, une propension à tout forcer, à tout exagérer comme vigueur ; les nuances ne sont enchaînées que par saccades et par secousses. L'attaque de : *Rentrons la moisson* a été fausse. Les *la la la*, en bas de la page 8, étaient trop forts. L'*allegro*, *Pour te venger*, manquait de noblesse.

Le chœur de choix a été dit en général trop vite et

d'une manière saccadée. Plusieurs passages manquaient de justesse. Cette société compte de bons éléments mais rudes encore et inexpérimentés. Elle gagnera certainement à aller entendre des sociétés habiles dans l'art difficile du chant choral et à continuer à se présenter dans des concours bien organisés et composés de bonnes sociétés.

Cercle choral de Miribel. Directeur, M. Couard. — Ce choral est dirigé par un artiste qui possède toute notre estime. Ce n'est certes pas la faute de M. Couard, l'habile sous-chef d'orchestre du Théâtre Impérial de Lyon, si sa phalange musicale n'a eu qu'un cinquième prix. En mieux profitant des conseils de son chef, elle pourra obtenir de très-grands résultats.

Union chorale de Grenoble. Directeur, M. Robin. — Cette société laisse bien augurer de son avenir. Le chœur de choix : *Le retour des moissonneurs,* de Semet, a été mieux dit que le chœur imposé.

Veillez à mieux fondre vos nuances et à donner plus d'homogénéité à vos quatre parties. Le Jury a été heureux de pouvoir décerner un quatrième prix à l'Union chorale de Grenoble.

Les Enfants des Alpes d'Albertville. Directeur, M. Lignac. — Société ardente à bien faire et qui y réussit. Le chœur imposé a été enlevé, sauf *rentrons la moisson* qui nous a paru faux. Le chœur de choix, assez bien. Le troisième prix obtenu par cette société est des plus honorables, car elle a eu à faire à rude partie avec les sociétés qui ont remporté le deuxième et le premier prix de leur division.

Società Filarmonica italiana de Lyon. Directeur, M. Paracca. — Ce groupe est rempli de bonnes intentions. Ses accents toutefois sont trop brusques. Son exécution a, dans certains passages, un cachet d'originalité qui n'est pas déplaisant. Nous l'engageons à soigner davantage la justesse des sons. C'est par là qu'elle a surtout péché dans le chœur imposé. Quelle recrute de bonnes voix de basse.

Chorale de la Muse de Genève. Directeur, M. Lantz. — Plusieurs passages faux dans le chœur imposé. *Rentrons la moisson* à manqué de rythme. Page 9 il y a eu

une vraie débandade à la fin. *Pour te venger* a été dit
sans ensemble. Les ténors ont du charme. Cette société
a de l'avenir, à la condition de faire porter son travail
principal sur la justesse.

Alliance lyrique de Lyon. Directeur, M. STÉPHANE
GLOTON. — Si elle a obtenu le premier prix à l'unanimité,
c'est qu'aucun autre orphéon n'a aussi bien interprété que
l'*Alliance lyrique* le chœur imposé : *Tableaux champêtres.* L'auteur de la musique, M. Ritz, a été surtout de
cet avis. Puisque le nom de M Ritz se trouve sous notre
plume, profitons-en pour le féliciter de sa belle œuvre
musicale. Nous saluons toujours avec plaisir les nouveaux
venus dans la composition chorale. Mais lorsqu'ils unissent
au talent les qualités d'une âme bien trempée, nous leur
souhaitons bien sincèrement tout ce que peut désirer une
nature artistique, généreuse et loyale.

L'Alliance lyrique a apporté à l'interprétation des
Tableaux champêtres une énergie, une netteté d'articulation, une chaleur, une précision de rythme, une douceur
de demi-teintes et une conviction qui se retrouvaient
également dans les quatre parties. Elle a affirmé les mêmes
qualités dans le chœur de choix : *Liberté! Liberté!* de
J. Monestier (paroles de Mathieu de Monter), qui a été attaqué avec un élan magnifique. Un instant même cette im-
pétuosité a failli compromettre l'ensemble. Il n'en a rien
été cependant, grâce aux belles et solides voix de basse
qui ont eu raison de l'ardeur entraînante des ténors.

Compliments sincères à cette société et à son jeune
chef, M. Stéphane Gloton, qui déploie autant de zèle que
d'intelligence artistique dans sa direction.

Liederkrantz de Genève. Directeur, M. JAEGER. —
Le début du chœur imposé a été trop rapide. *Rentrons la
moisson,* bien rythmé. *Pour te venger,* trop mou, sans
caractère. Page 11, à la première mesure de la première
accolade, le retard sur *France et liberté* était heureusement trouvé. Le chœur de choix a bien marché.

Le deuxième prix, à l'unanimité, a été hautement mérité
par cette société allemande dont l'exécution est empreinte
d'une franchise, d'une justesse et d'une noble virilité qui tran-

che heureusement sur certaines manières de dire, prétentieuses au dernier degré, et que nous ne saurions trop réprou-
ver dans l'intérêt de l'œuvre orphéonique dans notre pays.

Le chant choral ne doit procéder que par grandes
lignes, ne jamais abdiquer son caractère mâle, sévère,
même dans la grâce, l'entrain et la joie. S'attacher aux
petits effets, aux nuances prétentieuses, c'est se fourvoyer,
c'est métamorphoser une vaillante et solide société en
nous ne savons quelle troupe ridicule de serineurs de
romances et de beaux chanteurs de boudoirs.

La Liederkrantz suit la bonne route ; qu'elle ne s'en
écarte jamais, et qu'elle reçoive elle et son savant directeur l'expression de toute notre satisfaction.

Cercle choral de Vaise. Directeur, M. GEORGE, ne s'est
pas présenté.

Nous sommes heureux de constater la force exception-
nelle de cette division, ainsi que les progrès réalisés dans
la région dont Lyon est le centre au point de vue choral
en général. Le correspondant d'un des principaux journaux de cette ville, rendant compte du concours d'Annecy,
a reconnu judicieusement que nos sociétés chorales ne
crient plus, chantent plus juste et avec des voix qui
deviennent de plus en plus homogènes. Ces résultats sont
dus en grande partie aux concours de musique de Valence,
Lyon, Saint-Etienne, Romans, Tain, Grenoble et Annecy,
qui ont forcé les sociétés musicales à travailler suivant
les conseils tracés par les Jurys à la suite de chacune de
ces épreuves. Nul doute que ces progrès n'aillent toujours
en augmentant, grâce au talent, à la collaboration véri-
tablement artistique et au dévouement actif des directeurs
de toutes les sociétés sans exception, auxquels nous ne
refuserons jamais nos avis et nos encouragements.

1er Prix : médaille d'or. *Alliance Lyrique de Lyon.*
2me Prix : médaille de vermeil. *Liederkrantz de Genève.*
3me Prix : médaille de vermeil. *Les Enfants des Alpes
d'Albertville.*
4me Prix : *Union chorale de Grenoble,*
5me Prix : *Cercle choral de Miribel.*

DIVISION SUPÉRIEURE.

Chœur imposé : *Les Esclaves*, musique de Saintis.

Les Allobroges de Paris. Directeur, M. BOIRARD. — Dans le chœur de choix, on a remarqué des passages bien rythmés ; les basses s'y sont distinguées. Le beau chœur imposé : *Les Esclaves*, de M. Saintis, a laissé à désirer sous le rapport de la justesse. Il n'en a pas moins été dit avec vigueur et intelligence. Quoique privée de plus de la moitié de ses membres qui n'avaient pu faire le voyage de Paris à Annecy, cette société à eu une exécution des plus honorables et qui lui a valu le deuxième prix, M. Boirard, son très-digne directeur et président, et ses intrépides chanteurs ont fait mentir le proverbe : « Nul n'est prophète dans son pays. »

Harmonie Lyonnaise. Directeur, M. LAUSSEL. — Cette société couronnée du premier prix à l'unanimité a su donner au chœur imposé son caractère et sa vraie couleur. C'étaient bien là les accents d'esclaves au sang impétueux. Exécution mâle, vigoureuse, accentuée, convaincue, sans manière. Aucune autre société n'a mené avec plus de puissance et d'autorité jusqu'au bout sans broncher l'*allegretto* féroce de cette scène chorale, dont l'effet est saisissant lorsqu'il est interprété par de vrais *forts ténors,* au lieu de certains ténors qui reculent toujours devant une œuvre de résistance.

La Séparation des Apôtres, chantée par l'*Harmonie Lyonnaise* avec une rare perfection, nous a confirmé dans cette idée : que cette société avait fait de très-sensibles progrès depuis l'année dernière. Nous en félicitons vivement M. Laussel, son habile directeur, et ses vingt-huit chanteurs, qui produisent l'effet de cinquante, grâce aux timbres de leurs voix et surtout à l'habile agencement des parties.

Union chorale de Lyon. Directeur, M. JANSENNE. — Chœur imposé ; la sonorité bien fondue, la prononciation correcte. L'unisson des basses, qui a paru renforcé de quelques seconds ténors (la partition n'indique pas cette superposition) a été phrasé avec art, les voix étaient bien posées et elles obéissaient à un sentiment juste. La fin du chœur, malheureusement, n'a pas répondu au début.

A l'allegretto féroce, déroutés par les basses qui venaient de forcer l'intonnation, les ténors se sont trouvés dans une situation critique dont ils n'ont pu se sortir à leur avantage 'Tout en constatant la belle interprétation du beau chœur de M. Saintis par l'*Union chorale*, le jury estime que moins de grâce, d'élégance et de morbidesse, plus de vigueur et d'énergie auraient rendu d'une manière saisissante le tableau musical d'esclaves au sang impétueux et mieux rendu par conséquent la pensée du compositeur. Il ne faut pas, choralement parlant, que la crainte de paraître commun empêche d'être, au besoin, lorsque c'est indiqué, rude et même farouche.

Mon village, de Schubert, a été chanté très-soigneusement dans une jolie couleur et avec une rare finesse de détails. Dans de tels chœurs, l'*Union chorale* excelle. Le Jury a remarqué, notamment, des vocalises parfaitement suivies et perlées.

L'*Union chorale* et l'*Harmonie lyonnaise* se sont partagé le premier prix. Cette dernière n'a pas prêté au chœur imposé la même recherche d'effets, autant de raffinements de nuances, mais elle lui a donné son caractère, son expression mâle et robuste. Le Jury engage vivement l'habile société, si artistement dirigée par M. Jansenne (un professeur émérite entre tous), à acquérir dans l'exécution cette virilité qui lui permettra de varier son répertoire et d'ajouter de nouveaux succès à ceux qu'elle a déjà remportés.

Cercle choral Lyonnais. Directeur M. Chambon. — Excellente tenue. Société remarquable par son ensemble. La sérénade d'Eisenhofer très-bien. Plusieurs passages du chœur imposé — qui lui ont valu un troisième prix — ont été dits avec goût, avec distinction et simplicité. La modestie sied bien aux sociétés musicales où chaque individualité doit se grouper et à l'occasion s'effacer au profit de l'harmonie générale. Cette qualité précieuse est la qualité dominante du *Cercle choral*. Tous ses membres

concourent également au même but, sous la bonne direction de M. Chambon, et cela sans morgue, sans fatuité et
sans le crier, comme on dit, par-dessus les moulins. Bon
exemple à suivre.

Au nom du Jury,

Le Secrétaire, J. MONESTIER.

Prix *ex æquo. Harmonie Lyonnaise.*
                    Union chorale de Lyon.
2ᵐᵉ Prix : *Les Allobroges de Paris.*

HÔTEL-DE-VILLE, SALLE DES ASSISES.

JURY. — . MM Besozzi, président; Mathieu de Monter,
Poncet, Carron.

2ᵐᵉ DIVISION.

Orphéon d'Annonay. Directeur, M. EFFANTIN. Vingt-deux
exécutants. — Chœur imposé, un peu lent au début. Les
rallentando exagérés, cela éteint le morceau et lui ôte de
l'unité. Les voix sont jolies, le sentiment du morceau très-
bien compris, de la légèreté, de la grâce, de la finesse,
bonne prononciation, on entend parfaitement les paroles;
de la justesse. Ce chœur a été très-bien dit.

2ᵉ chœur. — Attaque un peu molle, quelques triolets
faiblement rythmés. Voix légères, jolies, de la finesse.
Bonne société qui a de l'avenir.

L'Orphéon de Grenoble. Directeur M. DUPREY. Quarante-neuf exécutants. — Chœur imposé. Mesure 18, les notes qui ne doivent être que *portées*, attaquées trop durement. Un peu lent. Bons ténors. Bonne sonorité dans les *forte*, les *piano* un peu faibles.

2ᵉ chœur. — Très-bien, bon sentiment, juste, belle sonorité ; nous avons rarement entendu ce chœur aussi bien dit.

Cercle choral de Chambéry. Directeur, M. TRINCAZ. Cinquante-cinq exécutants. — Chœur imposé. Mesure 18, trop piquée. Les *crescendo* exagérés, passant brusquement du *pianissimo* au *fortissimo*. Le mouvement bien pris. Pas assez de distinction. Quelques rythmes négligés, comme par exemple : mesure 75, où une croche pointée suivie d'une double croche ont été faites comme s'il y avait une croche et deux doubles croches.

2ᵉ chœur. — *Rallentando* exagéré. — Quelques duretés. Même faute de rythme qu'à la mesure 75 du chœur précédent. Pas assez soigné comme justesse d'expression. Il y a de bons éléments dans cette société, mais qui demandent à être sérieusement développés.

Orphéon de Neuville-sur-Saône. Directeur, M. GUIMET. Vingt exécutants. — Chœur imposé, trop lent, traînant, triste. Des irrégularités de rythme. La fin pas très-juste.

2ᵉ chœur. — Début assez bon. De temps en temps de bons accents qui indiquent que si cette société veut travailler sérieusement, elle prendra une place supérieure à celle qu'elle occupe maintenant.

Société chorale de Genève. Directeur, M. JAEGER. Quarante-deux exécutants. — Chœur imposé. Mouvement bien pris, mais pas soutenu ; tantôt on presse, tantôt on ralentit. Les *forte* bien francs. Mesure 70, mauvaise nuance de mouvement. Les *forte* à la fin du morceau tournent un peu à la dureté, et alors l'intonation n'est plus parfaitement juste.

2ᵉ chœur. — Quelques négligences rythmiques, des doubles croches à la place des croches qui sont écrites. L'allegro pris un peu durement. Les *ritenuto* exagérés ; veillez à ce défaut qui, à lui seul, ôte l'unité et la force d'un morceau. Mais après ces critiques, nous reconnaîtrons qu'il y a des qualités, de la franchise, de la force qui ne demande qu'à être modérée. Cette société s'élèverait de suite, rien qu'en veillant à éteindre les nuances exagérées, nous voulons dire les *forte* trop durs, les *rallentando* trop accentués.

1ᵉʳ Prix : médaille d'or. *Orphéon de Grenoble.*
2ᵐᵉ Prix : médaille de vermeil. *Société chorale de Genève.*
3ᵐᵉ Prix : médaille de vermeil. *Orphéon d'Annonay.*
Mentions honorables : *Cercle choral de Chambéry.*
          Orphéon de Neuville.

1ʳᵉ DIVISION.

La Cécilienne de Genève. Directeur, M. BERGALONNE. Quarante-neuf exécutants. — Chœur imposé, bon début, de la franchise et de la dignité. Mesure 45, intonnation douteuse. Mesure 56, pas juste. Les trois croches, rythme ternaire, faites quelquefois comme s'il y avait une croche et deux doubles croches.

2ᵉ chœur — Les *sforzando* quelquefois durs. Les *crescendo* aussi un peu brusques, passant du pianissimo au fortissimo. On pourrait reprocher quelques négligences aux parties intermédiaires. Mais en dehors de ces critiques, nous n'avons que des éloges à accorder à l'exécution de ce morceau qui, très-difficile, a été remarquable. Beaucoup de dignité et un bon style.

Cercle choral de Vénissieux. Directeur, M. CHOSSON. Trente-un exécutants. — Chœur imposé, trop lent. Mesures 24 et 25, pas parfaitement justes. Pas assez de distinction. Rythme ternaire quelquefois précipité, comme chez la société précédente. Mesure 52, accord de *ré majeur* pas juste. Mesures 108 et 109, la justesse pas assez soignée.

2ᵉ chœur — Les notes élevées pas toujours justes. Des qualités, de l'ampleur, de la chaleur ; préoccupez-vous de la justesse et vous serez une très-bonne société.

Société chorale de Tain. Directeur, M. MARREL. Trente

exécutants. — Chœur imposé, de la dureté. Des changements de mouvements brusques. Même observation pour le rythme ternaire qu'aux sociétés précédentes. Cette faute de trois croches formant un temps, exécutées comme s'il y avait une croche suivie de deux doubles croches, revient si souvent que nous ne saurions trop insister auprès de MM. les Directeurs de sociétés, pour qu'ils fassent étudier ce rythme tout spécialement et avec le plus grand soin.

2e chœur. Des *sforzando* exagérés, forcés et amenant nécessairement une intonnation manquant de justesse et un timbre désagréable. Mêmes recommandations qu'à la société précédente, défiez-vous des exagérations dans un sens ou dans l'autre ; restez maîtres de l'émission de la voix, n'oubliez pas que les *rallentando* ne sont pas des changements de mouvements ; ne confondez jamais la dureté avec la force, et votre rang sera parmi les très-bonnes sociétés. ·

BESOZZI.

1ʳ Prix : coupe d'argent. *La Cécilienne de Genève.*
2ᵐᵉ Prix *ex æquo. Société chorale de Tain.*
Cercle choral de Vénissieux.

MANUFACTURE DE SAINTE-CLAIRE.

Jury. — MM. Laurent de Rillé, président; Martinet, Figelli, Pitarch, Cléry.

3me DIVISION. 2me *Section.*

L'Union Rivoise de Rives. Directeur, M. Lefebvre. — Possède une belle sonorité. Une observation seulement : l'accord de septième diminuée qui se place sous les paroles « *l'équitable justice,* » n'est pas d'une exécution très-sûre. Il faut veiller à la faire juste.

Les Enfants du Vivarais d'Annonay. Directeur, M. Bertrand. — Ont une sonorité beaucoup moins belle que la société qui précède, mais ils ont déployé dans la gradation de nuances le soin le plus louable. Il y avait dans le chant de leurs deux morceaux d'excellentes intentions. Il ne faut rien exagérer pourtant, et ne pas pousser le développement du *diminuendo* ou du *crescendo* jusqu'à l'affectation.

Le Ménestrel de Villeurbanne. Directeur, M. Molay. — N'avait pu réunir qu'un très-petit nombre de chanteurs. Relativement à ce petit nombre, la sonorité était fort satisfaisante, et le deuxième chœur a été surtout bien rendu. Les premiers ténors se trouvent quelquefois trop à découvert; il faudra tâcher d'équilibrer les parties.

L'Orphéon de Saint-Ismier, directeur, M. Hermite. — Les voix de cet orphéon ont un timbre de mauvaise qualité. La sonorité est parfois criarde, mais l'ensemble est net et précis ; les rythmes sont francs, les intonnations sont justes.

La Lyre Rochoise de la Roche. Directeur, M. BIENVENU. — Pêche par les ténors. Cette partie si importante n'est pas assez nourrie. L'insuffisance des voix est surtout saillante dans le deuxième chœur.

L'Orphéon de Tullin. Directeur, M. BILLIARD. — Brille, au contraire, par les ténors. Il y a dans cette société des voix vraiment superbes, malheureusement les basses compromettent l'ensemble par leurs intonnations. Dans les *Enfants de Paris*, nous avons remarqué une fausse attaque. La note des ténors qui se trouve sur le mot « *des enfants de Paris* » n'est pas juste (vers la fin de l'*andante*). Dans l'*allegro*, « *chaque ouvrier* » est mal prosodié.

La Grégorienne de Carouge. Directeur, M. BERTHIER. — Avait bien commencé malgré quelques rentrées de basses faites un peu mollement. Mais le second chœur a été attaqué sans justesse, et tous les chanteurs ont baissé vers la fin.

Les Bords de l'Isère de Vinay. Directeur, M. SURRE. — Chante *la Chasse* dans une tonalité douteuse ; ce qui produit cet effet, c'est la manière dont les chanteurs font l'accompagnement destiné à simuler un aboiement ; la note est sèche, courte, sans intonnation précise. Les *crescendo* du second chœur ne sont pas assez ménagés. Le morceau est très-difficile, il faut le dire un peu moins vite.

Les Trouvères de Misérieux. Directeur, M. DESCOURE. — N'ont pas chanté juste. Ils étaient bien peu nombreux, il est vrai ; mais pour réussir dans un concours, lorsqu'on n'a pas pour soi l'avantage du nombre, il faut avoir deux fois plus de talent que les autres concurrents.

La Chorale d'Oullins. Directeur, M. HUBER. — Avait quelques chances d'être bien placée sur la liste des récompenses ; malheureusement l'accord de la quatrième mesure de la seconde ligne du premier chœur, l'accord de la page 7, la modulation en sol du premier chœur, n'ont pas été justes. Dans le second chœur, page 3, accolade 2, les chanteurs s'égarent encore, et ils se perdent tout à fait, pages 6 et 7, à la rentrée.

— Ces réserves faites, il est juste d'ajouter que le concours de cette section a été relativement très-fort, et l'un des plus satisfaisants de la saison.

Pour le Jury,

LAURENT DE RILLÉ.

1er Prix : médaille de vermeil. *Union Rivoise, de Rives.*
2me Prix : médaille de vermeil. *Les Enfants du Vivarais, d'Annonay.*
3me Prix : médaille de vermeil. *Le Ménestrel, de Villeur- banne.*
4me Prix : médaille d'argent. *Orphéon de Saint-Ismier.*
5me Prix : médaille d'argent. *La Lyre Rochoise, de la Roche.*
6me Prix : médaille d'argent. *Orphéon de Tullins.*

CONCOURS DE LECTURE A PREMIÈRE VUE.

HARMONIES

COUR DE BONLIEU

JURY : MM. Jonas, président; Abel [Simon, Delgrange, Omer Fort et Heid.

1ʳᵉ DIVISION.

Harmonie Grenobloise. Directeur, M. TARDY. — Exécution à vue très-bonne, sauf un peu d'hésitation pour établir la mesure du premier mouvement.

Prix : médaille d'or, grand module. *Harmonie Grenobloise.*

2ᵐᵉ DIVISION.

Harmonie du Rhône. Directeur, M. GUICHARD. — Manque d'ensemble dans la seconde partie du 2/4; accorder les flûtes.

Prix : médaille de vermeil. *Harmonie du Rhône.*

FANFARES

2me DIVISION.

Union instrumentale Genevoise. Directeur, M. BER-GALONNE. — Bonne exécution, excellente sonorité, un peu d'hésitation seulement à prendre le 3 temps.

Les Enfants des Bardes de Lyon. Directeur, M.HUGUENIN. — Cette fanfare a terminé le 4 temps par un accord fantasque ; la modulation du 3 temps reprise avec trop de timidité.—Beaucoup d'exercice de lecture et vous arriverez.

L'Echo de Vaise. Directeur, M.BAPTANDIER.—Beaucoup d'hésitation et de confusion, cependant de bonnes intentions.

Harmonie Voironnaise, de Voirons. Directeur, M. DAL-MAIS.—Beaucoup trop de mollesse et d'hésitation dans les attaques et dans l'exécution.

Fanfare de Fleurieux. Directeur, M. GUIMBAL. — Travaillez ferme la lecture.Pour arriver il faut du courage.

Le Secrétaire du Jury,

H.-A. SIMON.

1er Prix : *Union instrumentale Genevoise.*
2me Prix : *Les Enfants des Bardes de Lyon.*
3me Prix : *L'Echo de Vaise.*

CONCOURS D'EXCELLENCE

—

HARMONIES ET FANFARES

COUR DE BONLIEU.

JURY. —· MM. Forestier, président; Paulus, Coyon, Abel Simon, Adriet, Bardet, Bianchi, Buttin, Bergier, Callies, Delgrange, O. Fort, Heid, Lachenal, Manceron, Vanderhaiden.

———

Harmonie Grenobloise. Cinquante-six membres. Directeur, M. TARDY. — Mosaïque sur le *Trouvère.* Cette musique a d'excellentes qualités, mais généralement trop de timidité dans l'exécution générale. Les mouvements trop précipités du morceau sur le *Trouvère* entrainaient forcément l'escamotage d'un certain nombre de notes et nuisaient à la netteté, le premier piston a le son un peu creux, manquant de plénitude et de rondeur.

Union instrumentale Genevoise. Quarante-huit exécutants. Directeur, M. BERGALONNE. — Fantaisie sur *Tannhauser.* Très-belle société et excellente sonorité, l'attaque a été bonne. Le défaut dominant est le manque de précision et d'assurance dans l'exécution générale.

Fanfare de Tarare. Quatre-vingts exécutants. Directeur, M. ALEXANDRE LUIGINI. — Ouverture de *Jean de Finlande.* Très-belle sonorité, beau jeu de trombonnes à coulisses. M. Luigini a eu tort de jouer ce morceau qui, magnifique en symphonie, est déjà trop fort pour une

harmonie et devient presque impossible pour une fanfare.
Aussi l'exécution de la *Fanfare de Tarare* s'en est-elle
ressentie. Le Jury croit devoir signaler à M. Luigini une
modification à faire dans l'intérêt de sa fanfare ; ce serait
de supprimer son petit bugle piccolo en *si b* aigu, dont
l'effet est déplorable ; les sons de cet instrument sont trop
élevés, ce ne sont plus des sons d'instrument, c'est d'une
dureté incroyable. La direction de cette fanfare est excellente et le Jury félicite sincèrement M. Luigini, tout en lui
rappellant les observations ci-dessus. Ne pas choisir des
morceaux impossibles pour une fanfare et retrancher son
petit bugle *si b* aigu.

Pour le Jury,

Le Président, FORESTIER.

Prix *ex œquo : Fanfare de Tarare.*
            Union instrumentale Genevoise.

CONCOURS D'EXÉCUTION

HARMONIES

COUR DE BONLIEU

Jury : MM. Paulus, président ; Delgrange, Heid, Manceron, Bergier.

3ᵐᵉ DIVISION. 5ᵐᵉ *Section.*

Musique de la Roche. Vingt-huit membres. Directeur,
M. Mazzeri. — Mauvais début, très-faux, les pistons vont
bien, clarinettes nulles, assez bonnes basses sauf la justesse, bon choix de morceaux, direction assez bonne.
L'ensemble de l'exécution satisfaisant.

Philharmonique de Chapareillan. Trente-cinq membres. Directeur, M. Guy. — Début faux, solo de piston
très-faible, toujours faux, c'est une exécution qui laisse
à désirer, direction peu intelligente, morceau médiocre
(*la Croix d'honneur*, ouverture), revanche à prendre.

Société musicale de Firminy. Trente-deux membres.
Directeur, M. Lecomte. — Assez bon début, sonorité
passable, clarinettes pas assez d'accord, l'andante de la
petite clarinette et du piston, bien dit, l'accompagnement
laissait à désirer comme justesse, bonne direction. (*La
Ruche d'or*, ouverture.)

1ᵉʳ prix : médaille de vermeil. *Société musicale de Firminy.*
2ᵐᵉ prix : médaille d'argent. *Musique de la Roche.*

5ᵐᵉ DIVISION. 2ᵐᵉ *Section.*

Musique de la Tour-du-Pin. Vingt-quatre membres.
Directeur, M. DARMAIL. — Début faux, le premier alto
est beaucoup trop haut, le Jury engage le directeur de cette
société à surveiller la justesse qui laisse beaucoup à
désirer.

Prix unique : médaille de vermeil. *Musique de la Tour-
du-Pin.*

3ᵉ DIVISION.

Musique des Pompiers de Chambéry. Trente-trois
membres. Directeur, M. FONTANELLI. — Bon début, bonne
direction, bons morceaux. Cette musique a une belle tenue,
exécution très-belle, seulement le style italien se fait un
peu trop sentir (*Ballo in maschera*).
Société philharmonique de la Côte-Saint-André.
Trente-huit membres. Directeur, M. LAPRAZ.—Bon début
de cuivres, bonnes basses, un peu faux, le piston a horri-
blement peur dans son solo de l'*Africaine*. L'ouverture
composée par le directeur est bien, la chasse est bien
rendue, le restant est faux, les clarinettes crient trop, le
piston a besoin de prendre un peu d'aplomb dans l'intérêt de la société.

1ᵉʳ prix : médaille d'or. *Musique des Pompiers de Chambéry.*
2ᵐᵉ prix : médaille d'argent. *Société philharmonique de la
Côte-Saint-André.*

2me DIVISION.

Harmonie du 4me arrondissement de Lyon. Trente-neuf membres. Directeur, M. LAHIRE.—Très-bonne direction, manque de justesse, le piston fatigue beaucoup, les clarinettes ont de vilains sons (les fantaisies sur *Lucrèce Borgia* et *Fra Diavolo* sont bien arrangées).

Harmonie du Rhône. Quarante-trois membres. Directeur, M. GUICHARD. — Bon début, plus faible au milieu (*Maintenon*, fantaisie de Marie). Ouverture de *Genève*, par Gurtner, le saxophone et les clarinettes jouent faux dans l'andante, mauvaise petite flûte, piston assez bon. En résumé exécution assez satisfaisante.

Prix *ex œquo* : *Harmonie du 4me arrondissement de Lyon*. *Harmonie du Rhône.*

DIVISION SUPÉRIEURE.

Harmonie Grenobloise. Cinquante - six membres. Directeur, M. TARDY. — Morceau imposé : Ouverture du *Val de Fier*, très-belle ouverture, composée par M. Delgrange, chef de musique au 21e régiment de ligne (très-difficile), bonne exécution, bonne sonorité, très - belle musique (bravo MM. les Grenoblois).

Le Jury engage généralement toutes les musiques d'harmonie ci-dessus à soigner et à modifier le son de leurs clarinettes, qui, le plus souvent, est déplorable. Tout cela dépend de l'embouchure et des anches trop faibles.

Pour le Jury,

Le *Président*, PAULUS.

1er prix : *Harmonie Grenobloise.*

FANFARES

Jury. — MM. Forestier, président; O. Fort, chef de musique au 21ᵉ de ligne; Lachenal, Emile Coyon, secrétaire.

DIVISION DE CLASSEMENT.

Sociétés n'ayant jamais concouru.

Fanfare d'Usinens. Vingt exécutants. Directeur, M. Du-NANT. — Cette fanfare qui n'a que quatre mois d'existence a pour ainsi dire tout à faire. Le Jury se dispense donc de donner aucune appréciation sur elle. Il attendra un autre concours pour cela. Cette société reste classée en division de début, c'est-à-dire troisième division troisième section.

Fanfare des Sapeurs-Pompiers de Faverges. Quinze exécutants. Directeur, M. SAULNIER. — Fantaisie sur l'*Elisire d'amore.* Cette Société a une très-bonne tenue et est très-bien dirigée. Il y a trop de sécheresse dans ses attaques; nous l'engageons à modifier les coups de langue qui sont trop durs, cependant son exécution est assez satisfaisante pour que le Jury l'ait classée en troisième division, deuxième section, où elle devra concourir dans le prochain concours où elle se présentera.

Fanfare de Saint-Genix. Vingt exécutants. Directeur, M. MEYET. — Fantaisie sur *Alzina* de Verdi. Cette fanfare possède de bonnes basses, le style laisse à désirer surtout chez le premier piston, l'exécution générale est assez bonne et le Jury ne doute pas que cette fanfare n'arrive à bien. Elle concourra dorénavant en troisième division, deuxième section.

Fanfare de Seyssel. Vingt-huit exécutants. Directeur, M. MAISSONNET. — Ouverture de l'*Ambassadrice*. Le Jury félicite le directeur du bon choix de son morceau, qui était d'ailleurs parfaitement arrangé pour les ressources dont il dispose. Il l'engage, dans l'intérêt de sa société, à transformer un certain nombre de pistons en bugles *si bémol*. Le bugle est l'âme de la fanfare et doit dominer comme nombre; la sonorité générale est plus ronde, plus pleine et ne peut qu'y gagner. Celle obtenue, comme dans la *fanfare de Seyssel*, par un grand nombre de cornets à pistons, est trop monotone et trop cuivrée, car alors elle se rapproche de celle des trombonnes, qui ne produisent plus l'effet qu'on est en droit d'en attendre. Le personnel de cette fanfare n'en mérite pas moins des éloges pour sa bonne exécution. Le style est bon, l'ensemble et la justesse très-satisfaisants, et certes cette société pourra obtenir des succès dans la section où elle a été classée par le Jury, c'est-à-dire en troisième division première section.

Fanfare d'Yenne. Dix-sept exécutants. Directeur, M. VALLA. — Fantaisie sur *Crispino e la Commare*. Cette fanfare laisse beaucoup à désirer, l'exécution est beaucoup trop sèche, il faut attendre qu'elle ait encore travaillé avant de pouvoir formuler une opinion sur son compte. Elle est classée en troisième division troisième section.

Fanfare de Thônes. Dix-huit exécutants. Directeur, M. COLOMBAT. — Grande marche de *Migette*. L'exécution de cette fanfare, à quelque chose près, ne vaut pas mieux que celle de la précédente. L'exécution a cependant un peu moins laissé à désirer, grâce au directeur qui soutenait constamment les parties faibles, avec l'alto dont il jouait. Cette fanfare concourra en troisième division, troisième section.

Musique d'Aix-les-Bains. Vingt-six exécutants. Directeur, M. ADÉ. — Cette musique devra se compléter comme harmonie ou alors supprimer ses trois clarinettes et sa petite flûte pour rester fanfare. Son exécution est assez bien observée et le style passable. Le Jury engage le directeur à changer sa manière de battre la mesure, car par moments il n'y comprenait rien lui-même. La *musique d'Aix* est classée, pour l'avenir, en troisième division deuxième section.

1er prix : *Fanfare de Seyssel.*
2me prix *ex œquo* : *Fanfare de Faverges.*
                  Musique d'Aix-les-Bains.
3me prix : *Fanfare de Saint-Genix.*
4me prix : *Fanfare de Thônes.*
5me prix : *Fanfare d'Yenne.*
Mention honorable : *Fanfare d'Usinens.*

1re DIVISION.

Morceau imposé : *Fantaisie de concours*, O. Fort.

Fanfare des Sapeurs-Pompiers de Mornant. Trente-sept exécutants. Directeur, M. POULET. — Fantaisie pour concours imposée, et mosaïque sur *Faust.*

Très-belle exécution, et si M. Poulet n'avait toujours une tendance de presser les mouvements, le Jury dirait : excellente direction, justesse, ensemble, style, sonorité, se trouvent réunis dans cette fanfare, aussi est-ce à l'unanimité que le Jury a décerné un premier prix, médaille d'or, aux *Sapeurs-Pompiers de Mornant.* Nous le répétons, M. Poulet, observez mieux les mouvements qui sont tous pris trop vite et avec trop de feu.

Union instrumentale Genevoise. Quarante-huit exécutants. Directeur, M. BERGALONNE. — Morceau imposé et ouverture : *Le Poëte et le Paysan.*

Nous sommes encore en présence d'une fanfare de premier ordre. La sonorité est très-belle, le style excellent, mouvement bien compris. Il y a cependant à signaler quelques inégalités dans l'ensemble. Le bugle *si b* était légèrement haut. La batterie n'était pas d'un heureux effet et pas toujours d'aplomb. Le Jury néanmoins félicite M. Bergalonne et ne doute pas qu'avec quelques petites modifications, l'*Union instrumentale Genevoise* n'obtienne des succès en division supérieure où l'appelle dorénavant le premier prix *ex œquo* qui lui a été décerné.

Prix *ex œquo* : *Union instrumentale Genevoise.*
Fanfare des Pompiers de Mornant.

DIVISION SUPÉRIEURE.

Morceau imposé : *Marche triomphale,* de Th. de Lajarte.

Fanfare de Tarare. Quatre-vingts exécutants. Directeur, M. LUIGINI. — Morceau de choix : Ouverture de *Zampa.*

Nous sommes ici en présence d'une fanfare qui a conquis tous les grades dans les concours précédents et qui jouit d'une certaine réputation ; il est donc regrettable qu'auprès des éloges justement mérités que le Jury doit lui faire pour certaines parties de son exécution, son infériorité relative dans plusieurs passages donne lieu à une critique sérieuse.

L'exécution de la marche de M. Lajarte a été très-belle, mais celle de l'ouverture de *Zampa* a laissé énormément à désirer. Les mouvements sont bien trop vifs, surtout celui de l'allegro final. L'alto n'est pas parfaitement à sa place, pour remplir le solo de la clarinette de l'ouverture symphonique, le saxophone conviendrait beaucoup mieux ; puis ce solo n'a pas été heureux et a laissé à désirer comme style. Le petit accident qui lui est arrivé par suite de la sécheresse des lèvres a eu le fâcheux résultat de jeter le désarroi dans l'ensemble pendant un certain nombre de mesures, et enfin nous répéterons ce qui à déjà été dit pour le concours d'excellence, le petit bugle piccolo *si b* est de l'effet le plus déplorable, la fanfare gagnerait énormément à ce que ce petit instrument fût supprimé. Vous le savez, M. Luigini, *noblesse oblige*. Le Jury a donc vis-à-vis de vous un devoir sérieux à remplir et il regrette sincèrement de n'avoir pu, eu égard à votre bonne exécution du premier concours, ajouter la qualification de premier au prix qu'il vous a décerné en division supérieure, l'exécution ayant été par trop inférieure à celle que pouvait faire pressentir celle du concours d'excellence.

Pour le Jury,

Le Président, FORESTIER.

Prix : *Fanfare de Tarare.*

COUR DE LA MANUFACTURE DE SAINT-JOSEPH.

JURY. — MM. Abel Simon, président ; Adriet et Girod.

3e DIVISION. 5e *section.*

Fanfare d'Etoile. — Le jury complimente le chef qui, avec si peu d'éléments, a su former une excellente petite fanfare. Eu égard au petit nombre de ses membres, cette fanfare a de la sonorité, beaucoup d'expression, de la justesse et des nuances. Avec un peu plus de netteté dans les attaques elle gagnerait encore. Bon morceau, ensemble excellent dans les contre-temps. Tâchez d'augmenter le nombre de vos exécutants.

L'Echo de la Tronche. — Attaques et sonorité fort bonnes, justesse excellente. Cette société a de la finesse dans
le style. Soignez encore plus les nuances et vous arriverez.
Bonne diction. Soignez l'accord des pistons dans les notes
hautes.

Fanfare de Gières. — Bonne sonorité eu égard au nombre, beaucoup de soin, des nuances et des détails, trop
de sécheresse dans les attaques, donner en général plus
de largeur, surtout dans les *groupetti.* Bon piston, direction
intelligente.

Philharmonique de Sainte-Foy. — Assez bonne sonorité,
les réponses en solo au piston un peu sèches. Bonne justesse, excellent résultat eu égard aux moyens. Comme
pour la fanfare d'Etoile il faudrait que le chef tâchât d'augmenter ses exécutants en trombonne. Evitez surtout de
pousser les syncopes, notamment au piston; c'est un bien
vilain défaut qui vulgarise le style.

Fanfare de Fleurieux. — Soigner l'accord avant de com-
mencer l'exécution ; que les basses adoucissent un peu
leurs attaques, sans cependant en enlever la netteté. Bon
piston.

Les Enfants de Bayard, de Pontcharra—Manque un peu
de justesse et de tranquillité dans les tenues ; les contre-
temps un peu trop accentués.

Fanfare de St-Pierre d'Albigny. — Exécution un peu
pâteuse, soignez la justesse; un peu trop uniforme d'attaques et de mouvement. Résultat cependant fort satisfaisant.

Fanfare de Goncelin — Morceau trop court, justesse et
attaques assez bonnes. Mais soignez le style.

L'Abeille de Pierre-Bénite. — Cette fanfare a de bonnes
qualités d'énergie et de justesse; trop d'exagération dans
les basses qui *cuivrent* trop dans les *forte.* Le piston est
excellent, mais le chef compte sur lui; en son absence
la société perdrait énormément.

Fanfare de l'Ile-Barbe-Saint-Rambert. — Solistes trop
bas. Justesse et attaques manquant surtout dans les échos,
un peu trop d'éclat aux cuivres dans le *forte*, bonne mesure, on recommande encore au chef de soigner la
justesse. Le jury engage cette société à travailler beau-

coup les détails et séparément. C'est le seul moyen
d'arriver à un ensemble parfait. Bon piston.

Fanfare de Moirans. — Un peu de confusion, mouvement trop peu rythmé, fausses notes dans les contre-temps,
assez bonne justesse. Le piston un peu bas dans le solo,
plus de fermeté dans les attaques et vous arriverez.

L'Echo de la Fure, à Renage. — Style un peu vulgaire,
trop de mouvement dans le final, soignez beaucoup la
justesse.

Le Président du Jury,

HENRI-ABEL SIMON.

COUR DE L'ÉVÊCHÉ

JURY : MM. De Lajarte, président; Bianchi, Callies, Buttin.

Avant de rendre un compte détaillé du concours de
ce groupe, nous devons parler de l'effet général ; nous devons
d'autant mieux insister sur ce point, que les louanges
doivent de beaucoup l'emporter sur les restrictions.

Qu'il soit donc permis au signataire de ce rapport de
reproduire ici quelques lignes extraites de sa revue musicale du *Public*, de Paris. On verra qu'en lui, le Juré a
été d'accord avec le musicologue, pour proclamer tout
haut la grande supériorité des sociétés instrumentales
de la Savoie et du Midi de la France, sur celles du Centre
et des environs de Paris.

« Les sociétés du Nord ont leur réputation faite, je
n'ai rien à y ajouter. Que les sociétés instrumentales des

départements de la Seine, de Seine-et-Oise, de Seine-et-Marne, etc., y fassent attention. Elles sont fort au-dessous du reste de la France. »

Pour mieux préciser et pour restreindre, aux sociétés que nous avons entendues, les éloges que l'on vient de lire, nous disons que le classement de ces sociétés prouvera la valeur de tout le groupe méridional. Dans les concours du centre, telle des sociétés de la troisième division pourrait figurer dignement dans une division plus importante.

L'organisation orchestrale est bonne en général. Nous avons vu avec plaisir des saxophones figurer dans quelques sociétés. Ces instruments sont fort utiles pour assouplir la sonorité des cuivres. Malheureusement à Annecy, comme ailleurs, il manque presque toujours des trompettes, c'est une lacune fâcheuse, la trompette est souvent indispensable par son timbre clair et éclatant, pour faire opposition à la sonorité sombrée des bugles, altos et barytons. Le choix des morceaux n'est pas toujours très-heureux; mais il faut s'en prendre plus aux compositeurs qu'aux chefs de musique.

Nous terminerons ce préambule comme nous avons terminé notre article : « Annecy a dignement inauguré les fêtes musicales de la Savoie. »

5ᵐᵉ DIVISION. 2ᵐᵉ *Section.* Groupe A.

La Royannaise, de Saint-Jean-en-Royan. Directeur, M. GIRAUD. — Comme nous le disions tout à l'heure, l'organisation est complète dans cette excellente société, mais les trompettes ont fait défaut et elles étaient *obligées* dans le morceau du concours. Le cornet était un peu bas au commencement, mais les lèvres ont réparé le mal dans la suite, faisons-en lui compliments. Seulement, dans sa cadence, le menu instrumental a trop *piqué* la note et trop pressé le mouvement. Les basses sont en tous points excellentes. Dans l'*andante*, le petit bugle a bien exécuté sa partie. En revanche, il nous a été impossible d'entendre celle de *l'alto solo*. Très-bon style dans cette société, bonne direction.

Fanfare de Pont-de-Veyle. Directeur, M. GEORGES. — Bonne organisation comme dans la précédente société. Sonorité remarquable. Les basses ont le son plein, mais elles le *déchirent* souvent. Dans le petit *andante* du milieu leur *si* était un peu bas. Le petit bugle a laissé à désirer comme justesse et comme attaque. Il a commis avec le cornet solo une faute assez grave : à la onzième mesure, tous deux ont fait des triolets rapides au lieu d'une croche et deux doubles croches. Un conseil en passant aux musiciens jouant le petit bugle : Si cet instrument est trop dur pour leurs lèvres, qu'ils prennent le cornet en *re b*, l'effet est le même et l'attaque est plus douce.

Fanfare des Pompiers de Sassenage. Directeur, M. PERPIGNAN. — Cette musique est bien organisée ; mais l'accord a été mal pris. Le cornet a une qualité de son défectueuse. Le solo des basses, au *trio*, a été baveux. La streta a été prise trop vite et les réponses n'étaient pas parfaites d'exécution.

Echo de la Vallée de Tullins. Directeur, M. BERJOAN. — Cette société a concouru dans de très-mauvaises conditions par le fait que plusieurs de ses membres se trouvant, pour les orphéons, dans une autre salle. L'accord a été bien pris. La direction nous a semblé intelligente. Les cornets n'exécutent pas nettement les mouvements rapides. Le style est convenable mais peu distingué. Les altos ont détonné dans la streta.

Echo des Balmes Viennoise. Directeur, M. CHEVAL. — L'accord est mauvais, le *si b*, des barytons est trop bas. Aux basses on entend toujours un *double bémol* au lieu du *si b,* marqué. Le solo du cornet a été incomplet. Les lèvres faisaient défaut et la valeur des notes n'était pas observée.

Fanfare du Mont-d'Or de Poleymieux. Directeur, M. CUSSET. — Le *forte* de l'introduction n'a pas été mal exécuté, sauf un *la b* que l'on a constamment entendu à la place d'un *la* naturel. Le solo de trombonne a été si timide qu'on ne l'a pas entendu. Nous recommanderons au directeur qui tient le cornet *solo* de ne pas *déchirer* la note, le style et le son y perdent. Le *larghetto mineur* n'a pas été juste et d'aplomb comme mesure, le désordre s'est mis dans la société à la fin du morceau.

Les Enfants de Renage. Directeur, M. MONNERET. — L'accord n'existait point. La *basse solo* a des qualités d'exécution, mais pas de style. Les autres basses étaient baveuses et lourdes. Le cornet solo possède assez de style, dans l'andante *trois huit* les basses ont complètement erré.

1ᵉʳ prix : médaille de vermeil. *La Royannaise de Saint-Jean-en-Royan.*

2ᵐᵉ prix : médaille de vermeil. *Fanfare de Pont-de-Veyle.*

3ᵐᵉ prix : médaille d'argent. *Fanfare des Pompiers de Sassenage.*

4ᵐᵉ prix : médaille d'argent. *Echo de la Vallée à Tullins.*

DEUXIÈME DIVISION

Fanfare des Pompiers de la Tronche. Directeur, M. MATHON. — Malheureusement l'accord n'a pas été pris d'une façon satisfaisante, autrement c'eut été parfait. L'aspect de cette bande est superbe : quarante-trois ouvriers mineurs revêtus de la blouse bleue des pompiers. Le petit bugle a faibli, sa cadence était marquée *lié*, il l'a exécutée *détaché.* Les basses sont excellentes; mais elles ont eu parfois quelques défaillances. Les attaques étaient très-franches, mais les tenues laissaient parfois un peu à désirer, bonne direction.

Echo du Rhône. Directeur, M. PONTET. — Tout en respectant l'autorité de la chose jugée, qu'il me soit permis de regretter l'issue du vote. Mes collègues ont été prévenus que le procès-verbal relaterait ce regret formulé qui prouve ainsi la sincérité du scrutin. Il faut attribuer cet insuccès relatif à l'interminable *pot pourri* que cette société a exécuté. La lassitude est quelquefois mauvaise conseillère. Cette société a une organisation d'élite.

Les saxophones ayant pourtant joué un peu bas, dans le motif de l'entrée des *Dragons*, au premier acte, font très-bien au milieu de ces instruments de cuivre ; si les trompettes et les trombonnes à pistons ne faisaient pas regretter leur absence, on n'aurait rien à reprocher à cette société, dont le directeur nous a semblé être un artiste, bien que nous ne le connaissions nullement.

L'Harmonie Voironnaise. Directeur, M. Dalmais. — A commencé son morceau de concours d'une façon si peu d'aplomb, l'accord a été si absent, que la bataille était perdue dès la première note.

Le Président du jury,

TH. DE LAJARTE.

1er prix : médaille d'or. *Fanfare des Pompiers de la Tronche.*

2me prix : médaille de vermeil. *Echo du Rhône, de Lyon.*

CASERNE DU SÉPULCRE.

Il nous a été impossible de nous procurer les appréciations de ce jury.

JURY. — MM. Emile Jonas, président; Vanderhaiden,
Bardet, Mareschal.

5ᵐᵉ DIVISION, 2ᵐᵉ Section, Groupe *b*.

1ᵉʳ prix : médaille de vermeil, *Fanfare d'Orliénas.*
2ᵐᵉ prix : médaille de vermeil, *Fanfare du Pont-de-
Beauvoisin.*
3ᵐᵉ prix : médaille d'argent, *Cercle musical de Terre-Noire.*
Hors concours, *Fanfare de l'Union Rivoise de Rive.*

3ᵐᵉ DIVISION. 1ʳᵒ Section.

1ᵉʳ prix : médaille d'or, *Echo de Vaise.*
2ᵐᵉ prix : médaille de vermeil, *Société musicale de Vourles.*
3ᵐᵉ prix : médaille d'argent, *Fanfare de Montuel.*

COMPTE-RENDU

DES JOURNAUX

I.

Le 21 août, après midi, les Genevois partirent en foule pour Annecy, pleins d'ardeur, sans arrière pensée, heureux de répondre à l'appel de leurs voisins. D'énormes voitures les emportaient, ployant sous le nombre, et les chevaux galopaient gaiement en secouant leurs grelots dans un tourbillon de poussière.

Aux plus fortes montées, nos voyageurs poursuivaient la route à pied, dans l'impatience d'arriver; et les villageois s'étonnaient sur leurs seuils, et les bergères ouvraient de grands yeux derrières les haies en regardant passer cette joyeuse caravane.

Vanité des barrières politiques! Nous allions droit devant nous avec des airs de fête, et tous les visages nous souriaient sympathiquement; les paysages que nous traversions ressemblaient à ceux de notre patrie, partout nos regards se reposaient sur des horizons familiers.

Qu'importent les hasards du voyage, et les libations faites pour nous consoler des haltes? Mais un souvenir qui nous restera cher, c'est l'accueil fraternel des Annéciens. Nous entrâmes de nuit dans la ville pavoisée, en rangs serrés, sonnant une fanfare, drapeaux flottants à la lueur des torches. De tous côtés, aux fenêtres, sous les arcades, sur les places publiques, des battements de mains saluèrent notre bienvenue, tandis que les dames nous lançaient des bouquets et des couronnes. — Vive Genève! vive la Suisse! s'écriait-on sur notre passage ; et, vivement émus, nous répondions : Vive Annecy! vive la Savoie !

Dès le premier soir, nous n'étions plus des étrangers pour les Annéciens, mais de francs et loyaux amis.

II

Le lendemain, trente mille personnes avaient grossi les rangs de la population urbaine, lorsque le cortège musical quitta la grande allée du Pâquier, à onze heures et demie du matin.

Orphéons, harmonies et fanfares, au nombre de quatre-vingt-douze, rangés sans distinction d'origine, défilèrent sous un magnifique soleil. Leurs bannières et leurs drapeaux resplendissaient fièrement, divers de couleurs et de formes, brodés d'or ou d'argent, plusieurs triomphalement ornés de médailles et de couronnes. Ils défilèrent longtemps, ces groupes rivaux, parcourant les principales rues à travers une foule immense; le cœur ému par l'amour du beau, ils chantaient de toutes leurs voix et faisaient retentir tous leurs cuivres, remplissant la ville entière d'allégresse et d'enthousiasme.

Salut, phalanges de l'harmonie! Salut, jeune armée de la paix et de la fraternité!

III

L'esplanade du Pàquier se trouvait heureusement choisie pour le festival et la distribution des récompenses : la nature prêtait d'admirables décors à cette cérémonie.

D'un côté, se dressent les peupliers et les platanes de l'avenue d'Albigny ; de l'autre, s'étend une triple ligne de tilleuls et de maronniers aux opulentes frondaisons. Ces beaux arbres formaient une enceinte majestueuse et pleine de fraîcheur ; et par-dessous leurs branches sombres, on découvrait au loin les roches du Parmelan, droites et crénelées comme les murailles d'une forteresse colossale, la croupe verte du mont Veyrier, la dent de Lanfon et la cime escarpée et hautaine de la Tournette, toutes ardemment colorées par le soleil couchant.

Ornée de flammes tricolores, l'estrade du jury s'élevait non loin de la préfecture. Les sociétés concurrentes y vinrent tour à tour déposer leurs bannières, et leur nombre se répandit dans l'enceinte réservée. En dehors se pressait la multitude des spectateurs.

A chaque proclamation de prix, un groupe de jeunes hommes bondissait dans une commune allégresse. C'étaient des bravos formidables, de frénétiques applaudissements, des chapeaux jetés en l'air, des coups de cymbales et de grosse caisse. Les vainqueurs s'embrassaient, ils étreignaient leur directeur, ils voulaient le porter en triomphe. Dans l'ivresse du succès, les liens de l'amitié se nouaient plus étroitements : l'enthousiasme exaltait les cœurs !

Oh ! les belles explosions de joie ! Et les spectateurs applaudissaient à l'unisson, électrisés par ces élans de bonheur juvénile.

IV

La nuit venue, une vaste illumination se déploya dans la ville, charmant la foule bruyante des promeneurs.

Le canal se signalait par un éclat surprenant sous les ténébreux arceaux des platanes qui le bordent. Un double feston de lanternes vénitiennes enguirlandait sa longueur, au centre pendait une file de lustres, et toutes ces clartés plongeaient des reflets dans les eaux noires, tandis qu'au fond, sur la passerelle, rayonnait une étoile gigantesque.

Mais rien n'égalait la vision du jardin public et du lac. — Des verres colorés luisaient autour des plates-bandes en fleurs; les arbres balançaient des globes transparents; l'île des cygnes était couronnée de lumière, et, par instants, des flammes de Bengale s'allumaient sous les saules, alternativement blanches, vertes ou rouges. De grands feux de joie flamboyaient à la pointe de la Puya, dans les marais d'Albigny et sous la pierre Margéria. Une flottille de barques courait l'onde à la lueur des lanternes vénitiennes; elles lançaient des fusées et des pétards autour de la *Couronne de Savoie,* qui promenait gravement le Jury au son de la musique.

La lune elle-même voulut se mêler à la fête. Ronde et sereine, elle montait dans le ciel, baignant d'une molle blancheur les silhouettes des montagnes harmonieusement profilées sur l'horizon. Elle posait un rayon au front de chaque vague, et le lac déroulait des ondulations lumineuses.

V

Tel fut le concours musical d'Annecy. Populaire, cordiale, belle au gré de tous, cette solennité laissera des souvenirs profonds. Elle a rassemblé des hommes de nations diverses en suscitant de généreuses rivalités. Ces inconnus de la veille ont partagé de nobles émotions, ils ont appris à s'estimer, et, dépouillant les préjugés de frontières, ils ont fraternisé dans une commune aspiration vers le beau. Témoin de ces luttes intelligentes, la foule a goûté des joies salutaires et vraies ; elle a compris que les couronnes de l'art sont préférables aux palmes sanglantes ; elle a compris que, pour être heureux, il suffit de s'abandonner aux entraînements du cœur.

Cette fête a bien mérité du progrès ; elle a servi la cause de l'union des peuples. Les sympathies qu'elle a fait naître ne seront point éphémères, et la voie ferrée qui doit relier Annecy et Genève en fournira prochainement la preuve : c'est notre cher espoir.

BENJAMIN DUFERNEX,

(Revue Savoisienne).   *de Genève.*

Nous venons d'assister, à Annecy, à l'un de ces spectacles ne laissant après eux que d'heureux souvenirs. Tout a concordé pour faire de ce concours international l'une de ces fêtes populaires où le cœur et la pensée n'ont pour ainsi dire qu'à moissonner. Ordonnancement bien entendu, cachant avec goût tout caractère officiel, toute direction autoritaire ; grandeur judicieuse dans tous les détails ; amusements presque tous virils ; effets d'illumination évidemment préparés par des artistes ; une foule immense, entousiastes, pleine d'urbanité en toutes choses, accueillant l'étranger avec une rare aménité naturelle ; cent sociétés chorales et instrumentales, dont beaucoup étaient très-remarquables ; deux défilés magnifiques, pendant lesquels des milliers de dames faisaient pleuvoir fleurs et couronnes sur ces combattants pacifiques, sur les soldats de l'art musical. Et, pour cadre, la magnifique vallée d'Annecy, de pittoresques montagnes, un lac aux rivages splendides, aux flots d'azur! Le tout éclairé par un soleil ne rappelant en rien celui d'Austerlitz!

Entre autres excellents résultats du concours d'Annecy, nous pouvons compter en première ligne celui-ci : que de ce jour la Savoie, — terre et gens, — est mieux connue, et que bien de ridicules préjugés basés sur des exceptions auront enfin vécu.

. . . .

B. Nicollet

(*L'Impartial Dauphinois*).

——————

. . . .

Nos sociétés d'Annonay n'ont qu'une voix pour chanter les louanges des habitants et de la municipalité d'Annecy qui, disent-ils, avaient fait les choses d'une façon irréprochable, et leur ont fait une de ces réceptions brillantes autant que cordiales dont elles conservent le meilleur souvenir.

Tous s'accordent à reconnaître qu'aucun concours musical n'avait eu jusqu'ici l'éclat et le succès de celui d'Annecy, et n'avait offert une aussi charmante hospitalité.

La ville d'Annecy a conservé les traditions d'une chaude et généreuse hospitalité et son amour des arts s'est affirmé largement dans l'entrain et le bon goût avec lesquels elle a su organiser son concours et les belles fêtes auxquelles, d'ailleurs, se prêtaient si bien son poétique lac et sa riante situation, bien connus des artistes et des poètes.

. . . .

(*Journal d'Annonay*).

——————

Les sociétés musicales du département de l'Isère ont vaillamment combattu dans le tournoi musical qui vient d'avoir lieu chez nos voisins de la Haute-Savoie. Sept premiers prix, cinq seconds, deux troisièmes, quatre quatrièmes, deux cinquièmes, un sixième, plus un prix unique et un prix hors concours : tel est le bilan de la lutte de dimanche.

Tous ceux de nos compatriotes auxquels il a été donné d'assister à ce concours ont été ravis du site et du lac, enchantés des mille et un détails de la fête et surtout de l'accueil franc, loyal et sympathique des Annéciens, qui ne fera que resserrer les liens qui depuis plusieurs années déjà nous unissent à nos voisins

Peu de cités sont aussi gracieuses que la patrie de saint François de Sales ; elle tient à la fois de Genève par son lac coquettement encadré de coteaux et de montagnes boisées, et un peu de Venise, par les deux limpides canaux qui servent d'écoulement au lac et s'étendent sous la ville, reliés entre eux par d'élégants petits ponts. On y remarque de larges quais, des promenades spacieuses où s'étend l'ombre d'arbres séculaires, plusieurs belles constructions, telles que la préfecture nouvelle ; l'hôpital, entouré de corbeilles de fleurs ; l'ancien château, surmonté de ses vieilles tours, et, par-dessus tout, son admirable lac, de quinze à dix-huit kilomètres de long. Sur la rive orientale de son bassin on aperçoit la villa où est mort Eugène Suë ; plus loin, le château de Menthon, patrie de saint Bernard ; puis l'ancienne abbaye de Talloires où est né le chimiste Berthollet, etc. Nous ne doutons pas que lorsque Annecy sera reliée à Genève par un chemin de fer, comme elle l'est avec Aix, les touristes n'y viennent en foule admirer les beautés sans nombre de son paysage.

Mais revenons au concours.

Le défilé a été splendide. Les sociétés se sont réunies sous l'ombrage des magnifiques allées du Pâquier, qu'envierait plus d'une grande cité, puis elles sont parties,

bannières déployées, fanfares et musiques jouant, et ont
parcouru ainsi les principales rues de la ville. Sur tout
le trajet, les fenêtres étaient pavoisées d'oriflammes et de
drapeaux; on ne voyait que fraîches toilettes et figures
gracieuses; les bouquets, les couronnes, les vivats, tom-
baient drus comme grêle des étages des maisons, sur les
sociétaires qui saluaient avec émotion et reconnaissance.

Après la remise des médailles commémoratives, les
concours ont commencé dans les locaux assignés à cet
effet et ont donné les résultats que nos lecteurs trouveront
ci-après. La lutte a été vive; sérieuse; les membres du
Jury eux-mêmes se sont plu à reconnaître la force et la
valeur du concours.

Dans la soirée, ont eut lieu des illuminations féeriques
sur le lac. Tous ceux qui en ont été témoins se les rapel-
leront longtemps. L'Hôtel-de-Ville était embrasé de feux
aux mille couleurs. Le gracieux parterre qui s'étend au
devant et baigne ses pieds dans le lac, avait tout le pour-
tour de ses corbeilles de fleurs éclairés de guirlandes de
feux; des lanternes vénitiennes se balançaient aux branches des arbres et donnaient l'image de bosquets enchantés. L'île des Cygnes était ornée de ballons rouges qui se
miraient dans l'eau et jetaient des reflets fantastiques sur
la statue de bronze du savant Berthollet. Pendant que des
fusées tirées des bords du rivage traçaient dans l'air leurs
brillants sillons, des détonnations de boîtes partaient de
la rive opposée et étaient le prélude de nouvelles illuminations; la grande façade de l'Hôtel-de-ville apparaissait
de temps en temps sous la vive clarté des flammes du
Bengale; puis, un radeau, chargé de matières résineuses
a été lancé et enflammé sur le lac. La lune, une lune ar-
gentée, se mirant dans les flots, semblait prêter son concours à la fête et regarder avec complaisance ce tableau
animé.

Le lendemain, la fête s'est continuée par des promenades sur le bateau à vapeur la *Couronne de Savoie*,
que la municipalité avait mis gracieusement à la disposition des sociétés. On s'est ensuite séparé avec regret,
chaque visiteur rendant hommage aux soins exquis dé-

ployés par la Commission d'organisation de ce concours, qui, on peut le dire sans exagération, n'a rien laissé à désirer.

(Courrier de l'Isère).

La coquette et charmante ville d'Annecy s'était parée pour recevoir les joyeux hôtes qu'elle avait conviés à ses magnifiques fêtes. Partout on apercevait des mâts vénitiens ornés de drapeaux, de guirlandes de fleurs, des décorations emblématiques. L'administration municipale et les habitants avaient rivalisé de zèle et d'entrain pour embellir la cité dont la situation pittoresque au milieu des montagnes et au bord d'un charmant lac se prête si bien à une belle fête.

De toutes parts, dès samedi, affluaient les sociétés chorales et instrumentales, inscrites au nombre de quatre-vingt-seize pour le grand concours international. De toute part aussi arrivait par la voie ferrée et par les voitures publiques ou particulières, une foule énorme désireuse de participer à ces belles fêtes où les amateurs du tir avaient une large place.

Un stand fort bien établi permettait à chacun de déployer son adresse soit à la carabine, soit au fusil de chasse double.

Tous, nous en sommes persuadés, sont repartis satisfaits de la réception cordiale et pleine d'amabilité faite par la population et les autorités de la ville d'Annecy. Nos citoyens genevois, en particulier, ont emporté un souvenir ineffaçable de l'accueil qu'ils ont reçu, et à ce sujet les sociétés la *Cécilienne* et l'*Union instrumentale* de Genève nous prient de remercier publiquement MM. leurs Commissaires de réception et de séjour.

. . . .

. Lundi matin, à 7 heures, le bateau à vapeur la *Couronne de Savoie*, gracieusement mis à la disposition des

sociétés par Messieurs les organisateurs de la fête, s'élan-
çait en plein lac suivi d'une foule de légères embarcations.
Les membres des sociétés qui purent profiter de cette
promenade, ne se lassaient pas d'admirer le féerique
coup d'œil que présentaient à cette heure matinale le lac
et les hautes montagnes qui l'encadrent. Vue du pont du
vapeur, la ville elle-même, avec ses bâtiments neufs et
surtout ses belles promenades, avait un aspect tout à fait
riant.

Ici nous devons abandonner un instant notre récit
d'ensemble pour dire quelques mots d'une petite fête de
famille. Il y quelques années, lors d'un concours régio-
nal à Annecy, la *Cécilienne* fut invitée à cette fête. La
société fut reçue par un accueil si franchement cordial,
qu'en prenant la résolution d'assister au concours international de musique, tous les membres accueillirent avec
joie l'idée de porter un souvenir d'amitié à leurs frères
d'Annecy.

C'est dans ce but que lundi à midi, une réunion eut
lieu dans laquelle M. L. Mosset, président de la *Cécilienne*,
offrit à chacune des deux sociétés d'Annecy une coupe en
argent, en prononçant les quelques paroles suivantes :

« Messieurs et chers amis, pour la seconde fois la
Cécilienne a le bonheur de se trouver au milieu de vous
sur les rives de votre joli lac, aux pieds de vos belles
montagnes. C'est avec un sentiment d'amitié et de reconnaissance pour le sympathique accueil qui nous a déjà
été fait, que notre société a reçu votre invitation à venir
lutter amicalement sur le terrain de l'harmonie avec
d'autres sociétés sœurs par la musique et l'étude.

« Nous désirerions pouvoir aujourd'hui, à notre tour,
vous inviter à assister à pareille fête dans notre chère
Genève, mais des circonstances indépendantes de notre
volonté y mettent momentanément obstacle.

« Tout espoir de donner suite à notre projet n'est
point cependant perdu, nous en avons le ferme espoir.
Mais, en attendant le plaisir de vous recevoir au milieu de
nous, la *Cécilienne* a tenu à présenter à chacune de vos
sociétés un souvenir qui sera accueilli, je n'en doute pas,

d'aussi bon cœur qu'il vous est offert. Puissiez-vous longuement boire dans ces coupes, non-seulement à l'union de nos sociétés, mais encore à l'union de toutes les nations, sous la magnifique bannière de la paix, du progrès et de l'harmonie. »

M. Philippe a répondu par une rapide et brillante improvisation, dont les paroles chaleureuses, partant d'un cœur animé d'un ardent patriotisme, ont vivement ému toutes les personnes présentes à cette réunion, formée par les citoyens de deux pays si bien faits pour se comprendre sous le drapeau de la liberté. Nous apprenons que la *Société chorale de Genève* a fait également hommage à la société Chorale d'Annecy d'une corne, montée en argent, comme souvenir de cordiale amitié.

Mais l'heure du départ approchait, trop rapide, hélas! au gré de tous. — Chacun fut bientôt en possession de son petit bagage et se dirigea vers la rue Royale où les voitures attendaient. — A deux heures, les sociétés quittaient Annecy, recueillant sur tout le parcours des vivats et des saluts d'adieu. Une surprise était ménagée à Brogny où quelques jeunes gens, qui avaient pris les devants, offrirent joyeusement aux sociétés, et avec force embrassades, le coup de l'étrier.

Nous ne pouvons, en terminant, nous empêcher de faire une remarque : c'est l'absence complète pendant la durée des fêtes, de troupes de ligne sous les armes.

On apercevait seulement quelques sapeurs-pompiers maintenant l'ordre avec la bienveillance qui caractérise les gardes nationales.

Et malgré cette foule énorme circulant dans toutes les parties de la ville, pas une querelle, pas un accident à regretter !

Quel beau résultat à invoquer pour ceux qui veulent laisser à une population sa propre initiative dans ses moyens d'ordre.

D.-J.

(La Suisse radicale).

Annecy! Nous avons fait un rêve ou plutôt nous avons rêvé tout éveillé pendant près d'une semaine, et l'illusion dure encore.

Pour la première fois il nous était donné d'admirer les lacs bleus et les hautes montagnes aux sommets abruptes de la Savoie. Quel merveilleux pays et quel brave peuple aussi que les Savoisiens !

Ils ont, ces Français de fraîche date, tout notre cœur et notre patriotisme avec une certaine crânerie d'allures en plus. Le voisinage de la Suisse républicaine, leur longue connexité avec le Piémont, se gardant libre en face de l'Autrichien menaçant, la large part prise par eux à la guerre de l'indépendance italienne, ont mis dans leurs âmes une fierté martiale qui leur donne une haute conscience de leurs droits et de leur titre de citoyen.

Le concours musical du 22 août dernier, était avant tout une manifestation privée, due à l'initiative des habitants; ses promoteurs, fidèles au vieux principe italien qu'il faut faire par soi-même, avaient recueilli les souscriptions particulières, rédigé le programme, convoqué les sociétés, installé les comités, tout organisé en un mot. La municipalité n'a eu qu'à les laisser agir, et la fête donnée par la ville a rappelé les merveilles des *Mille et une nuits.*

A côté de la Commission centrale d'organisation, sept autres fonctionnaient : pour la musique et les locaux de concours, la réception et le séjour des sociétés, le contrôle, les décors, fêtes et installation, le logement et la nourriture.

On le voit, les dévouements n'avaient pas fait défaut, et aucun détail n'avait été négligé.

. . . .

Les concours d'excellence devaient avoir lieu le dimanche dans la matinée, et ceux d'exécution dans l'après-midi, à la suite du défilé; ce programme a été suivi de point en point, comme dans toutes les parties de la fête, d'ailleurs.

. . . .

Le chœur imposé pour le Concours d'excellence était de M. Monestier, comme nous l'avons dit plus haut. Il avait pour titre les *Chanteurs Florentins ;* cette composition très-originale, débute avec une rare énergie ; elle renferme une imitation de guitare que certaines sociétés ont admirablement rendue ; une andante cantabile, *Florence chérie*, gracieuse au possible, et très-puissante pour faire valoir la force des ténors, et enfin une invocation à la liberté, pleine de vigueur. C'est un morceau très-développé qui ne présente pas de difficultés matérielles sérieuses, mais qui en offre de très-grandes comme interprétation. Une société intelligente peut en tirer un énorme parti.

Les chœurs imposés au concours d'exécution étaient : les *Esclaves*, de Saintis ; *Ma ville*, *Midi*, par Besozzi, et *Tableaux champêtres*, paroles de M. Niérat, musique de M. Ritz, un jeune amateur de beaucoup de talent.

Les morceaux imposés aux harmonies avaient été fournis par M. Delgrange, chef de musique de l'armée, et M. Heid, sous-chef. Le premier avait donné l'*Ouverture du Val de Fier*, œuvre magistrale, du plus saisissant effet, et le second, le *Lac*, composition très-remarquable.

Une très-brillante *Fantaisie de Concours* composée par M. Omer Fort, également chef de musique de l'armée, et une *Marche triomphale* de De Lajarte avaient été imposées aux fanfares.

Nous serions obligés de reprendre un par un les noms que nous avons publiés dimanche dernier, dans la liste des récompenses, si nous voulions parler ici de tous les héros de la journée. Mentionnons seulement au courant de la plume, les sociétés lyonnaises d'abord, venues en grand nombre ; le *Cercle choral Lyonnais*, l'*Union chorale de Lyon*, l'*Harmonie lyonnaise*, l'*Alliance lyrique*, le *Cercle choral de Vaise*, les *Enfants des Bardes*, l'*Harmonie du Rhône* et l'*Harmonie du 4me arrondissement de Lyon*. Puis l'*Orphéon de Neuville-sur-Saône*, dont le directeur porte carrément la petite casquette de velours et la blouse du travailleur ; l'*Orphéon de Grenoble* et l'*Harmonie grenobloise* ; la *Fanfare de Mornant* que nous avons déjà citée ; le *Cercle d'Annonay*, les *Pompiers de Sassenage*, la *Fanfare de Seyssel* et les *Enfants des Alpes d'Albertville*, directeur M. Lignac, président M. Doix, une société chorale aux succès de laquelle il faut chaleureusement applaudir, car elle ne compte pas sept mois d'existence, et qui, concourant pour la première fois, a débuté avec un aplomb superbe en troisième division, première section. *Ses pareilles à deux fois, ne se font pas connaître,* pour son coup d'essai elle a gagné un troisième prix. Les sociétés de Genève enfin : la *Cécilienne*, l'*Union instrumentale genevoise,* etc., les grands vainqueurs de la journée. N'oublions pas non plus la vaillante société parisienne des *Allobroges*, venue sous la conduite de son directeur, M. Vincent Boirard, pour prouver à la Savoie que ses fils ne dégénèrent pas loin d'elle.

Disons maintenant un mot du défilé qui présentait vraiment un merveilleux coup d'œil. La marche était ouverte par la Musique Municipale d'Annecy, et le cortège parti de l'avenue du Pâquier, en suivant la rue de ce nom et la rue Royale, encombrées d'une foule compacte, a reçu la plus enthousiaste des ovations. Oncques nous n'avons vu tant de fleurs, de couronnes et de bouquets se croiser dans l'air, ce n'était pas une pluie, c'était une averse ; deux blondes jeunes filles, au coin de la rue Notre-Dame, lançaient de leur balcon des couronnes de roses aux sociétés.

. . . .

ALFRED LE ROY.

(Le Moniteur de l'Orphéon).

L'Orphéon choral et instrumental a trouvé, dimanche dernier, un terrain admirablement préparé pour ses solennelles manifestations et un cadre digne d'elles, dans la Savoie, voisine et sœur de la Suisse, dont elle a — je ne parle que des qualités — le pittoresque, les habitudes de solidarité et d'émulation fraternelles, les traditions d'hospitalité et la franchise. Et voyez, mon cher Directeur, combien est vivace cette institution du chant choral et de la musique populaire, la seule partie du domaine de l'art ouverte aux populations des petites villes et des campagnes. Il n'y a pas bien longtemps encore que ce pays, comblé par la nature de ses dons les plus précieux, est réuni à la France, et déjà il a voulu s'associer, par deux fois, au mouvement significatif qui tend à enserrer notre pays en un véritable réseau mélodieux. La Savoie a su apprécier les germes féconds de paix et de civilisation contenus et dispensés par une œuvre essentiellement nationale.

La cité des descendants des Allobroges a entendu ses montagnes renvoyer en échos prolongés les chants et les fanfares de l'orphéon ; les bannières ont flotté sur une terre qui réunit comme à plaisir tout ce qui peut captiver et séduire l'imagination de l'artiste.

. . . .

A l'exception d'une société savoisienne de Paris, de plusieurs chorales et instrumentales de Lyon, Grenoble, Chambéry, Tarare et de la Cécilienne de Genève, le concours musical, spontanément et librement ouvert, en dehors de tout patronage administratif, par les habitants de la ville d'Annecy, n'a vu entrer en lice que des orphéons et des fanfares de bourgs et de villages. Ce caractère pastoral n'était pas le moindre charme de cette fête. La saveur d'une réception cordiale et tout « à la bonne franquette, » y ajoutait du piquant. Le chant choral faisait là un voyage de plaisir. Aussi quelle gaieté! quelle liberté d'allures. Il convient d'ajouter que la Commission d'orga-

nisation a su faire respecter ses décisions et son règlement
et affirmer une fois de plus la complète indépendance des
sociétés musicales. Il n'eut pas fait bon, là, en vérité,
pour certaines petites individualités qui joignent à la
manie inoffensive de vouloir toujours représenter quel-
qu'un ou quelque chose, l'habitude de s'ériger à elles-
mêmes des piédestaux d'occasion.

. . . .

Le soir, après le banquet auquel étaient invités le
Jury, la Commission d'organisation et les notabilités de la
ville, Annecy s'illuminait splendidement ; des feux de
joie s'allumaient aux montagnes prochaines ; un feu d'ar-
tifice éclairait les sommets de la Tournette, et les sociétés
musicales voguaient en chantant ou en jouant des sérénades sur le lac.

Eh bien ! non ; mieux vaut ne pas décrire, ne pas
chercher à mesurer sa prose à de tels spectacles. Peindre
la Savoie, après tant d'autres, je ne l'essaierai même pas.
Aussi bien, a-t-on jamais pu rendre la multiplicité et la
splendeur des paysages des rives enchantées du lac d'Annecy, et la beauté sublime de cette nature alpestre qui
recouvre d'une paix et d'une végétation luxuriante les
gigantesques convulsions des temps primitifs ?

Ajoutez maintenant à tous les souvenirs gais ou tristes
qui hantent ces rivages, leurs attraits poétiques ; ajoutez
aux accords des chœurs orphéoniques, aux éclats des
fanfares, aux rumeurs d'une ville prise de la fièvre festi-
vale, toutes les sereines splendeurs du paysage ; caresses
du soleil, reflets azurés du lac, senteurs parfumées de la
vague, et vous aurez, mon cher Directeur, une idée bien
incomplète encore de ces fêtes que la Savoie renouvellera,
sans doute, et dont le moindre résultat ne sera pas de la
relever aux yeux, dans l'esprit de tous ceux — le nombre
en est grand — qui ne la connaissent ni d'aspect, ni de
caractère et qui ne veulent voir dans ses enfants que des
porteurs d'eau. Nous en sommes là, cependant. Que l'on
y prenne garde ! Au train où va l'éducation musicale dans
ce pays, ces zélés *serviteurs* de la musique populaire
s'apprêtent à conduire haut et loin leur bannière, et

puisqu'il s'agit de courses, m'est avis qu'ils en feront faire
de rudes à ceux qui leur disputeront les prix de l'intelligence
persévérante appliquée à la musique d'ensemble. Il y a là
des gages féconds d'avenir. Le Midi a la lumière et sait la
projeter au besoin. Quand ces gens-là y sont, ils y sont
vraiment bien.

E. MATHIEU DE MONTER.

(*Revue et Gazette musicale*).

J'arrive très-probablement un peu tard pour rendre
compte du concours international d'Annecy, mais la faute
ne doit nullement m'en être imputée. La réception qui
nous a été faite par la ville a été tellement bienveillante
et franche, l'hospitalité qui nous a été offerte tellement
cordiale, qu'il m'a été impossible, non seulement de me
dérober à cette avalanche d'amabilités, mais encore de
pouvoir saisir avant ce jour un moment de tranquillité
pour jeter à la hâte sur le papier les quelques lignes qui
suivent :

Les agréables journées que je viens de passer à Annecy resteront gravées, sans nul doute, longtemps dans
mon souvenir, et je serais bien ingrat, si, avant de com-
mencer à parler du concours, je ne rendais un public
hommage à tous les membres de la Commission et à
MM. les chefs de musique de l'armée en garnison à Annecy : MM. Omer Fort, Bianco, Delgrange, Haid, Chaumontel, Robert, Jules Philippe, Blanchet, Terrier, Saxod,
Bergier, Niérat et Gentil, etc., etc., méritent tous les
éloges; ils ont fonctionné avec une ardeur et une énergie
rares. Il serait à désirer que tous les organisateurs de concours agissent avec la même abnégation et le même dévouement. Les Commissaires eux-mêmes, malgré l'aridité,
les difficultés et les fatigues de leur tâche, s'en sont ac-
quittés d'une façon irréprochable. Aucun désordre ne
s'est produit, aucune réclamation ne s'est fait jour, tout

en un mot, s'est succédé avec une régularité sans précédent dans les annales orphéoniques.

. . . .

A six heures la distribution des prix eu lieu. Au fond de l'immense et splendide promenade du Pâquier, s'élevait une colossale estrade, ornée des quatre-vingt-seize bannières des sociétés présentes. Sur la table officielle rayonnaient les riches récompenses, coupes, couronnes et médailles offertes aux heureux vainqueurs.

M. de Gauville, préfet de la Haute-Savoie, présidait la cérémonie, assisté de M. Germain, maire d'Annecy et de M. Séligmann, président du tribunal. Parmi les assistants on distinguait MM. Saintis, Monestier, Besozzi, Laurent de Rillé, Forestier, Jonas, Paulus, etc.

Lorsque M. Boirard, l'ardent et intelligent directeur des Allobroges de Paris, vint chercher ses récompenses, les sociétés d'Annecy qui avaient désiré rester étrangères au concours, lui firent une ovation à laquelle la foule s'associa de tout cœur ; nous avons été enchanté de cette juste manifestation en faveur de l'un des hommes les plus dévoués à la bonne cause orphéonique. Trente mille personnes amassées sous les immenses allées du Pâquier, écoutaient impatiemment les décisions des Jurés. Jamais cérémonie plus imposante n'eut pour scène un décor aussi splendide, jamais la nature ne fut plus belle et le soleil plus doux à caresser les faîtes des grands platanes, jamais le lac bleu ne refléta ses splendides montagnes dans un miroir plus transparent et plus adorable, et jamais non plus, ordre plus admirable ne présida à un aussi grand amas de population. Les organisateurs ont dû être fiers de leur œuvre.

Le soir un grand dîner, avec sérénades données par les sociétés triomphantes, réunissait à la préfecture sous la présidence du maire, tous les membres de la Commission et des Jurys. Le discours prononcé par M. Chaumontel, adjoint au maire, fut particulièrement applaudi et apprécié. M. Laurent de Rillé lui répondit au nom de tous en le remerciant des sentiments généreux et patriotiques, qu'il avait si chaleureusement exprimés, et l'on se sépara pour aller voir se jouer sur les flancs des montagnes et sur le lac, les reflets des feux de joie, des artifices et des illuminations vénitiennes.

L'Adriatique, au temps des splendeurs vénitiennes, ne dut jamais être plus doux et plus beau et la municipalité d'Annecy pourrait, je crois, rendre des points aux doges de fastueuse et grande mémoire.

Pendant deux jours encore, les sérénades et les aubades se succédèrent sans interruption, puis Annecy redevint ce qu'elle était : Annecy comme devant, la ville travailleuse et manufacturière.

Je termine en un souhait : Que tout concours à venir suive les traces de celui-ci, et la musique populaire marchera avec une vitesse plus grande vers son grand et triple but civilisateur : l'instruction, la moralisation et l'union des peuples.

HENRY-ABEL SIMON.

(L'Orphéon).

DISCOURS

PRONONCÉ PAR M. CHAUMONTEL

AU BANQUET DES JURÉS

MESSIEURS,

Au nom de la Commission d'organisation du concours, au nom de la ville toute entière, je porte la santé de Messieurs les Jurés.

La fête que nous venons de célébrer marquera dans les annales de notre ville. Annexés depuis bientôt dix ans à notre mère patrie, il nous tardait de rappeler à nos frères aînés de la France que nous pouvons revendiquer une part dans leur passé, que nous n'oublierons jamais les liens qui nous unissent dans le présent, et que nous tenons aussi à marquer dans les espérances de l'avenir.

Le concours auquel vous venez d'assister répond à ce besoin, car si d'un côté il nous a permis de manifester toutes nos sympathies à nos concitoyens de tous les départements et à la Suisse notre chère voisine, il témoigne aussi que le souffle intellectuel qui agite la France a profondément pénétré dans nos montagnes.

Oui Messieurs, vous aimez, nous aimons tous ces institutions qui sont les œuvres de la paix et de la concorde, ces institutions qui, au milieu des bouleversements politiques d'un pays, sont les gardiennes de la civilisation et du progrès, sont les gardiennes de la liberté.

Merci donc à vous Messieurs les Jurés de la Suisse, dont la présence prouve que l'intelligence n'a pas de frontière, merci à vous tous, Messieurs, qui par votre abnégation et votre dévouement, avez facilité l'accomplissement de nos désirs. Vous l'avez fait parce que, hommes de cœur, d'intelligence et de progrès, vous tenez à propager les institutions de paix qui laissent toujours des semences fécondes pour l'avenir, tandis que la guerre et les bouleversements ne laissent après eux que désastres et ruines.

A la santé de Messieurs les Jurés.

ÉTAT DES RECETTES ET DÉPENSES

DU

CONCOURS INTERNATIONAL DE MUSIQUE
DU 22 AOUT 1869

RECETTES

1. Subvention de la Ville. . .	3500 »	
2. Montant des souscriptions en argent	7675 50	
3. Dons de médailles, coupes et couronnes.	4136 »	
4. Produit net du Concert du 2 mai 1869	595 »	
5. Produit des lieux de concours.	784 »	
6. Produit du festival. . . .	389 »	
7. Id. vente des programmes.	446 55	
8. Reçu des Sociétés pour frais de logements.	2779 25	
Total . . .	20477 85	20477 85

DÉPENSES

1. Jury.	4199 25	
2. Prix et médailles commémoratives.	4852 75	
3. Concours et frais de locaux.	656 »	
4. Imprimés	1074 »	
5. Frais de logements des Sociétés	4371 65	
6. Estrade et mât de cocagne .	1186 85	
7. Flottille.	1006 95	
8. Feux d'artifice, feux de joie et salves.	1104 40	
9. Illumination	2188 06	
10. Frais divers.	746 60	
Total . . .	21385 91	21385 91
Déficit. . .		908 06

ÉTAT COMPARATIF

DES

RECETTES MUNICIPALES DE LA VILLE D'ANNECY

POUR 1868 ET 1869

———◦◦◦———

Produits de l'octroi pendant les mois de juillet
et août 1868 et 1869.

MOIS	1868	1869	Différence au profit de 1869
Juillet	12150 67	13032 12	881 45
Août	10588 07	14710 99	4122 92
	22738 74	27743 11	5004 57

Droits d'abattage perçus dans le mois
d'août 1868 et 1869.

MOIS	1808	1869	Différence au profit de 1869
Août	817 10	1238 20	421 10

Droits d'étalages.

MOIS	1868	1869	Différence au profit de 1869
Août	300 25	971 55	671 30

ERRATA

A la page 103, après les appréciations du Jury de la 3ᵐᵉ division 3ᵐᵉ section des fanfares, ajouter les prix ci-après :

1ᵉʳ prix *ex œquo* : médaille vermeil. *Fanfare d'Etoile.*
                    L'Echo de la Tronche.
2ᵐᵉ prix : médaille de vermeil. *Fanfare de Gières.*
3ᵐᵉ prix *ex œquo* : *Société philharmonique de Sainte-Foy.*
                    Fanfare de Fleurieux.
4ᵐᵉ prix : médaille d'argent. *Les Enfants de Bayard à Pontcharra.*
5ᵐᵉ prix *ex œquo* : *Fanfare de Saint-Pierre d'Albigny.*
                    Fanfare de Goncelin.
6ᵐᵉ prix : *l'Abeille de Pierre Bénite.*

NOTA

Malgré ses sollicitations réitérées, le Comité n'a pu se procurer les appréciations du Jury pour la 1ʳᵉ division de lecture à vue des Orphéons, et pour la 3ᵐᵉ division 1ʳᵉ section, et 3ᵐᵉ division 2ᵐᵉ section Groupe B des Fanfares.

TABLE